"列国纪行"系列丛书

椰影婆娑

"列国纪行"系列丛书编委会 编

外语教学与研究出版社
北京

图书在版编目（CIP）数据

椰影婆娑 /"列国纪行"系列丛书编委会编. -- 北京：外语教学与研究出版社，2025.4. -- （"列国纪行"系列丛书）. -- ISBN 978-7-5213-6262-6
Ⅰ. I267.4
中国国家版本馆 CIP 数据核字第 2025U7S206 号

椰影婆娑
YEYING POSUO

出版人	王　芳
项目统筹	钱垂君　王　琳
责任编辑	王　琳
责任校对	牛茜茜
装帧设计	姚雅雯
出版发行	外语教学与研究出版社
社　　址	北京市西三环北路 19 号（100089）
网　　址	https://www.fltrp.com
印　　刷	北京盛通印刷股份有限公司
开　　本	720×1000　1/16
印　　张	14
字　　数	153 千字
版　　次	2025 年 4 月第 1 版
印　　次	2025 年 4 月第 1 次印刷
书　　号	ISBN 978-7-5213-6262-6
定　　价	98.00 元

如有图书采购需求，图书内容或印刷装订等问题，侵权、盗版书籍等线索，请拨打以下电话或关注官方服务号：
客服电话：400 898 7008
官方服务号：微信搜索并关注公众号"外研社官方服务号"
外研社购书网址：https://fltrp.tmall.com

物料号：362620001

"列国纪行"系列丛书

编委会
主　编：王定华　贾文键
编　委（按姓氏笔画排列）：
　　　　丁　浩　王　芳　刘　捷　邹传明　陈明明　尚晓明
　　　　和　静　金利民　金雪涛　赵　杨　柯荣谊　姜　锋
　　　　黄友义　詹福瑞

工委会
主　任：王　芳
副主任：刘　捷　鞠　慧
秘书长：王　琳
委　员（按姓氏笔画排列）：
　　　　王　欢　王海燕　向凤菲　刘旭璐　刘　荣　刘雪梅
　　　　齐力颖　安　琪　许杰然　李彩霞　李　斐　杨雨昕
　　　　杨馨园　吴晓静　迟红蕾　张路路　易　璐　赵　青
　　　　段会香　钱垂君

序言

微观世界，纪行全球

王定华　贾文键

　　人民友好是国际关系行稳致远的基础，是促进世界和平与发展的不竭动力。民间交往，是普通民众之间的跨文化互动，形式多样，涵盖旅游、留学、艺术交流和公益活动等众多领域。这种交流贴近个体的日常生活，真实而生动，作为国家间交往的重要补充形式，为国家间的理解与合作注入了鲜活的力量。民间交往中的故事往往归属于那些充满生活气息的"微小叙事"，这些故事深情而细腻地聚焦于个体的日常生活与地方性的独特经验，它们或许在表面上显得平凡无奇、微不足道，然而，正是通过这些看似琐碎的细节描绘和真实可感的情境再现，折射出更为广阔的社会风貌、深厚的文化底蕴以及复杂多变的历史变迁，从而成为我们理解世界、感悟人性的重要窗口。这些微小却真实的叙事，揭示了国家关系背后的真实道理，成为增进国际理解与合作的重要纽带。

　　在全球化和数字化的今天，"微小叙事"价值愈发凸显。它不仅是个体表达的重要方式，更是文化交流、社会理解和国家形象塑造的有力工具。在信息爆炸的时代，这些真实又富有温度的故事，能够跨越文化隔阂，拉近彼此距离，增进相互理解。正是在这样的背景下，"列国纪行"系列丛书应运而生。

"列国纪行"系列丛书记录了近年来一些身份不同、背景各异的中国人在海外的所见、所闻、所思和所感。每一个故事，都分享了一段独特的旅程，讲述了中国人如何与异域文化深度接触与交流，如何在异国他乡奋斗与成长，如何在陌生的土地上扎根，如何与不同文化的人群相处，以及如何在全球化的浪潮中找到自己的坐标。这些丰富多彩的故事，不仅仅是一个个鲜活个人的独特经历与深刻记忆，更是所处时代风云变幻、社会风貌更迭的缩影，它们如同一面面镜子，映照出历史长河中的点点滴滴。这套丛书并非简单的游记汇编，而是意义深远的文化桥梁。一方面，它为国人开辟了一条全新的理解世界的路径。过去，我们常通过新闻报道或学术研究等宏观视角认识世界、了解世界，而这套丛书则将目光聚焦于个体，通过普通人的亲身经历，带领读者走进世界的每一个细微角落，感受街头巷尾的烟火气，触摸历史建筑的沧桑纹理，体会不同社会习俗背后的情感与价值，让世界变得更加鲜活、立体、触手可及。另一方面，它为区域国别研究提供了独特的民间视角。这些真实故事和切身感受，能够以其多样、入微的生活场景和文化现象，为专业研究补充鲜活的感性素材，揭示那些隐藏在数据和报告背后的人文细节，帮助社会各界以更加全面细致、深入透彻的视角观察和理解不同国家和地区。

此外，"列国纪行"系列丛书还肩负着双向沟通的使命。对内，它让中国读者通过这些故事拓宽视野，更加深入地理解世界的多样性，培养全球视野与开放胸怀，消除因地域距离和信息闭塞带来的陌生与隔阂，从而在国际交往中更加自信从容。对外，这些展现普通中国人在海外生活的篇章，向世界传递了中国的声音，展示了中国人民友好、进取、包容的一面，让世界看到一个真实、立体、全面的中国，从而在心灵深处建立起一座座理解与尊重的桥梁，不断增进各国人民之间的相互理解、信任与合作。

北京外国语大学和所属外语教学与研究出版社（外研社）精心组建了"列国纪行"系列丛书编写委员会和工作委员会，确保丛书的高质量呈现。编写委员会汇聚了国内政治、经济、文化、教育、外交等领域的知名专家学者，他们深耕中外交流与海外传播领域，为丛书筛选优质稿件并把控内容方向，确保每一篇文章既能体现独特个体感悟、细腻情感与深邃思考，又能紧密契合当下社会的发展趋势、文化需求以及读者的广泛共鸣，力求在展现个性化的同时，也具备时代性、前瞻性和广泛的社会价值。工作委员会则负责各项工作的全流程落地，从联系作者、接收稿件，到编辑校对、装帧设计，再到印刷发行、宣传推广，力求精准传递文字的思想与情感，真实呈现图片的细节与意境，并通过外研社的广泛发行网络，将这套丛书推向国内外，既让国人感悟异国风情，又让世界倾听来自中国民间的跨国故事，扩大丛书的国际影响力。

衷心希望"列国纪行"系列丛书成为时代忠实而敏锐的记录者，成为中外交流坚固而宽广的桥梁，成为连接你我与世界无形而强韧的纽带。愿每一位翻开丛书的读者，都能跟随作者的足迹，游历五洲四海，感受世界的脉动，汲取智慧与力量。让我们通过这行行文字和幅幅画面，共享信息，共情感受，共筑梦想，感受文化交融的深意；让中国与世界越走越近，共同创造更加美好的未来。

2025 年 4 月 23 日（世界读书日）
（王定华，北京外国语大学党委书记；
贾文键，北京外国语大学校长）

目录

人在旅途

小镇博物馆之旅 / 赵鹤莉　3

行走大吉岭 / 冯丽华　9

在阿贝奥库塔与尼日利亚的帝国历史相遇 / 姚艾　23

探访"死亡工厂"奥斯威辛集中营 / 汤黎　31

我所看到的阿拉木图 / 林威　36

土耳其国庆节随笔 / 李伟莉　42

生活在别处

十分钟和一百年 / 李梓铭　57

圣·塞西莉亚旧货集市之行 / 于博　65

在阿尔及利亚当菜农 / 谢光军　71

椰影婆娑间挖宝藏 / 潘玥　78

初入英国咨询行业一年间 / 孟春英　86

在马来西亚参加婚礼的趣闻 / 方洁　95

教育

见闻

荷兰读博：学术自由，生活理想 / 郑自香　107
在瑞典重新当老师 / 谢为群　115
在美国的印度同学 / 微风小豆　123
去朝鲜留学，我看见的神秘国度 / 杨心玥　杨宇　杨雨蒙　130
夏村访学记 / 吕玉华　141

故事 / 人物

看懂墨西哥的悲歌 / 湃动出海研究院　149

迪拜创业日记 / 孙欣　159

在巴尔干地区，我尤其感到外部世界的虚伪 / 王佳薇　姚雨丹　173

我在卡塔尔建球场…… / 李泠　孙甜甜　杨珈媛　185

裸辞去非洲 / 郑依妮　199

人在

旅途

小镇博物馆之旅

赵鹤莉[*]

2019年1月31日，晴转多云，早起赶火车的一天。

德国法兰克福中央火车站的清晨也是忙碌的，行色匆匆的人穿梭在街上，呼唤着法兰克福从睡梦中醒来。

乘坐最早一班高速列车出发去巴德赫斯菲尔德，车厢内虽不拥挤，却也是满满的乘客。一路的风景让人心旷神怡，像是穿行于四季，让人恍惚。

一个小时二十分钟的车程后，我跟着1月最后一天欧洲的太阳一起开始了期待已久的小镇博物馆之旅。

巴德赫斯菲尔德确实太小了，我出发前不管在百度上怎么搜索都没有找到任何信息。即便是在谷歌上也是信息寥寥。即便如此，这里的语言博物馆还是吸引我前往。

---

[*] 赵鹤莉，汉友通国际教育创始人。

/ 语言博物馆

　　巴德赫斯菲尔德火车站小得让人感觉更加清冷。下了火车，穿过地下隧道就出了站。

　　语言博物馆距离火车站也不过五分钟的路程，九点博物馆才开门，我们就算是溜溜达达，也还是提早了十来分钟到达了博物馆门口。

　　阳光正好，河水正清，等在博物馆门口的我心情大好。这并不是我第一次来语言博物馆，这家博物馆的魅力在于它全部的内容。

　　博物馆的德文名字是 Wortreich in Bad Hersfeld，直接翻译成中文就是"巴特赫斯菲尔德词语王国"。这是德国首个以语言交际为主题的互动博物馆，所以我更愿意简称它为"德国语言博物馆"。

贯穿整个展览的虚构人物名叫康拉德，参观博物馆的过程也就是观看康拉德的语言奇遇记。康拉德的名字取自巴德赫斯菲尔德两位鼎鼎有名的大人物：一位是计算机的发明人康拉德·楚泽，另一位是德国正字法之父康拉德·杜登。这两位伟人不仅以自己的贡献影响着这座城市，更让小城声名远播。

虚拟人物康拉德的故事一共有 11 个章节，我们就跟随着这位热爱语言、天性好奇的主人公，分享了他在词语王国中充满冒险的一生。

"今天你叽叽喳喳、呜哩哇啦了吗？你竖起了哪只耳朵倾听，架起了哪根天线？你上次不知所云或巧舌如簧是什么时候？什么会让你哑口无言？……"刚刚踏入巴德赫斯菲尔德的"词语王国"，还未来得及真正潜入语言交际的神奇国度，一个个扑面而来的问题便让我们应接不暇。我们在 1200 平方米的展厅里信步遨游，探索各种语言交际形式，以便揭开语言背后的种种奥秘：从语言的诞生到二进制编码的功能，从古希腊雄辩术到语言的传承，从施瓦本方言到德式英语，从声音到音乐，从戏剧到广播……

博物馆将德国语言设计为一个融知识与体验为一体的缤纷世界。

你知道 amisette、pomadenhengst、kaltmamsell 这些德语词的含义吗？你琢磨过汽车上的第五个轮子是怎么装上去的吗？你知道德语文章中出现频率最高的是哪些词语吗？哪些国家的人在说"不"的时候习惯向后甩头？人类的语言究竟是怎样诞生的？"击鼓诗"大赛为何会促使年轻人中间形成一种新的诗歌表演形式？语言学家通过哪些手段来保护巴西阿维提语等濒临消亡的语言？……

为了鼓励参观者积极探寻这些问题的答案，博物馆提供了信息站、图书和电影。展厅的墙面上布满了颇具匠心的装饰，各种引人思考的统计数据，以及来自让·保罗、伏尔泰和图霍尔斯基等作家的名人名言："简洁的语言是思想的调料。""掌握多种语言的人，相当于握有许多开启宫殿的钥匙。""人和人怎样交谈？——鸡同鸭讲！"

借助博物馆中大量的互动形式，无论大人还是孩子都可以尝试解答问题：透过万花筒观看瑰丽多姿的词语世界，用一部个头超大的巨型手机发送短信，学唱世界各国的国歌，在地图上标出各种方言的相应位置，玩"击沉词语"的游戏，用写有字母的球组词投篮，装扮成舞台人物粉墨登场表演《罗密欧与朱丽叶》《小红帽》或《强盗的女儿》中的场景，还可以在口译小屋里测试一下自己的外语水平，在一场"声音沐浴"中收获如何运用自己嗓音的小窍门，在情感小屋里学习分析喜悦、恐惧、愤怒等情绪，在演播室亲自制作电视节目……

体验之后，除了"不虚此行"，别无他词可以表达感受。

进博物馆的时候，工作人员跟我们讲：参观时间通常是两个小时，一天内参观者可以随时进出博物馆，中午可以出去吃饭后再回来，票是全天有效的。我们从早上九点一开门就进去，一直到下午一点左右才出来。即便如此，我还是觉得没玩儿尽兴，不过，肚子却诚实地喊叫着"出来，出来"。

上一次来小城仅仅是匆匆游览博物馆，并未游览其他处。我们打开谷歌地图，查询小城的信息，发现了一家中餐馆——"鼎"中餐厅。博物馆在小城的西侧，中餐厅在小城的东侧，如前往则正好穿过小城的中心。除了寻求果腹外，我还想更多地了解这座小城，所以跟着导航就寻了过去。

古老的房子，安静的街道，稀少的行人，让这座小城显得更加恬静。

餐厅就在路边，不难找到。餐厅装修得也是中式风格，古香古色。一进门就有个像是中国人的小伙子（大概是服务员），过来招呼我们。他介绍说，这里有自助餐也可以点餐，自助餐是9.9欧元一位。我们毫不犹豫地坐下享用自助餐。天呐！快犒劳一下我们的中国胃，还有中国嘴巴！

这位服务员的汉语说得很不错，我判断他不是在这里出生长大的。同行的刘老师与他攀谈起来。原来，这是他父母开的餐厅，已经开了十几年了。他是小时候跟着父母一起来巴德赫斯菲尔德的。刚到这里的时候，小城只有他们一家中国人，现在小城里应该有六七家中国人了。餐厅的名字就是小伙子的名字。这段时间，父母回河南老家过年去了，留下他照顾生意。

我向他询问小城的情况，他说："也没什么特别的，这么个小城只有两三万人口，山上有教堂、博物馆，但是现在也都不开了……不过，2019年黑森州的一个活动定在了巴德赫斯菲尔德，到时候小城会非常热闹。而且，每年夏天的时候，这里会有长达十天的戏剧、音乐剧节，也会非常热闹。除此之外,就是这里可以泡温泉。但是中国人去了应该会被吓到吧?德国的温泉是男女同泡,而且是全裸的……"

告别了中餐厅的小伙子,我们随意走在小城的街巷间。道路两边虽然有很多的店铺,但大多数都没有营业,行人也不多。一直走到了老法院一带,人才多了起来,很是热闹。

小城的工作时间貌似是在下午四点半就结束,我们刚刚走到火车站,里面的工作人员就下班了。一位胡子头发都苍白的男人,关好了门窗和灯,准时离开了火车站的工作室。

关于这座小城,我还有很多的好奇,还想知道更多关于它的故事,所以,还会再来……

/ 小城一角

行走大吉岭

冯丽华[*]

飞往西孟加拉邦

  2016 年，来印度不到两周，我就开启了期待已久的大吉岭行程。出发的当天，兆头似乎并不好。因为已经临近印度的雨季，本以为前一天晚上的降雨可以给我们第二天的出行带来一个好天气，可老天好像偏不让我们如意似的，就在装行李上车的那会儿，忽然大雨如注。后来，当我们当天下午抵达酒店，下车准备入住时，竟又赶上一阵急雨，再次给了我这个新来者一个下马威。不过，这也让我来印前刚买的雨伞派上了用场。当然，也只是早晨用了那一次就不知所终了！这老天，不会就是看上我那把伞了吧？！

  旅行社预订的出租车熟练地驶出市区，直奔德里机场三号航站楼。本来因为出发时间正值早高峰，又赶上下雨，我们事先是做好了堵车的

---

[*] 冯丽华，资深旅游爱好者。

准备的。可没想到，路上却出奇地顺利，竟然提前一个半小时就抵达了机场。这也给了我一次细细打量德里机场的机会。由于抵达当天是凌晨，周围黑咕隆咚，加上自己当时也迷迷糊糊的，所以那次基本对机场没什么印象。这次再来才发现，这真的是一座很现代化的机场，不仅建筑外观巍峨雄伟，内部空间宽阔，而且设施完善，秩序井然，貌似和我们国内的国际机场比也并不逊色，让人完全无法和几十公里外德里大片贫民窟联系在一起。

这次我们订的是捷特（Jet）航空公司的飞机。这也是能从新德里前往我们的首个目的地"唯二"的两家航空公司之一，另一家是印度的靛蓝（IndiGo）航空公司。可能因为当地已过旅游旺季，前往那里的乘客并不多。原定10:20起飞的航班直到11:00才起飞。这是一架波音737-800型客机，走道两边各三个座位，大约三十排。机上乘客以印度人居多，没几个外国面孔，我座位的两侧都是印度人。

当然，第一次坐印度航空公司的航班，我最感兴趣的还是飞机上的航空餐。起飞半个多小时后，空姐就为我们送来了午饭，而且是先给了包括我在内的"外国人"。午饭包括炸鸡、青椒、西葫芦、一瓶矿泉水，还有几块芒果和哈密瓜。选择饮料时，我专门选了果汁，因为觉得初来乍到的，还是小心为妙，盒装的饮品应该不会有什么问题。俗话说，吃得饱睡得着。正当我打算放低座椅好好睡一觉时，飞机已经开始准备降落了。

我们降落的地方属于印度的西孟加拉邦，是离大吉岭最近的机场。

接下来我们还要走四个多小时山路才能到达目的地。当然，我们也可以从这里选择坐被联合国教科文组织定为世界文化遗产的喜马拉雅山铁路小火车上山，尽管好像只有四站，但啥时候能到就不好说了。听同行的朋友说，因为是世界文化遗产，不能大规模改造，只能"头痛医头脚痛医脚"式地修修补补，经常是火车开到中途发现铁轨有问题，车上的人下去敲敲打打一阵，弄好了再走；而且在旅游旺季一天也只有两班，其他时候就只在早上发一班，像我们这样赶时间的，就不能指望这种小火车了。

也因为如此，下了飞机，我们马上去旅行社事先帮着订好的餐馆吃饭，以便继续赶路。你可能会问：不是刚在飞机上吃了吗？这一来是航空餐里本来也没啥东西，二来正如朋友所说，在印度这里，有机会时一定要尽量吃饱，因为你不知道下一顿饭什么时候能吃上、能吃到什么。根据我们的要求，旅行社给我们订的是中餐。当然，这并不是什么正经八百的中餐馆，只是一家能接待各色人等的汽车旅馆的餐厅。不过，餐厅环境很好，菜的味道也还行，至少超出我的预期。唯一美中不足的是，我们吃饭时一直有两只蚊子在旁边骚扰。我打趣说，可能蚊子今天也来吃中餐了吧。

吃罢午饭，马上继续赶路。旅行社司机把车开得飞快，大片绿油油的植物迅速向我们身后退去。同行的美女朋友说，这里的环境很像她的家乡（湖南一个闻名全国、风景如画的地方）；而我则想起了曾到过的印尼巴厘岛，那里也是这般郁郁葱葱，尤其特别的是，那里还珍藏着我一段特殊的美好回忆。说起来，这里的路真的不错，让我放下了对后面车程的担忧。不久，车驶出城区，进入山道，我才意识到，今天的考验才刚刚开始。

开往大吉岭

汽车驶上盘山路，旁边的山坡上，从高到矮参差分布着乔木、竹子、蕨类植物、苔藓植物等，青翠欲滴。随着坡度的升高，从另一侧的岩壁望下去，大片的平原尽收眼底，在阳光下犹如一匹绿色的缎子向远方铺展开去。正当我们还流连于远方的美景时，猛一抬头，忽然发现前方一团雾气正迎面扑来，我们瞬间竟好像已置身于九天之上，乘坐的汽车也仿佛变身为飞艇，顿时我们有了一种腾云驾雾的感觉。等车行几百米穿过云雾阵，我们马上又进入了另一番天地：太阳从云层的缝隙里洒下万道金光，给白云也镶了一圈金边，而在阳光之下，山谷中云雾缭绕，气象变化万千。

因为我们的目的地大吉岭坐落在喜马拉雅山脉之中，所以汽车一直在盘山而行。道路的一边是陡坡，一边则是万丈深渊，令我们时时有心提到嗓子眼的感觉。加上车道狭窄，路况不佳，每次与对向的来车会车，我都怀疑是否能错得过去，但每次都成功化险为夷。为我们开车的是一位尼泊尔裔的小伙子，他脸膛黑红，动作干练，一看就是一把开山路的好手。尽管路况十分复杂，他依然把车开得飞快。好几次，我忍不住提醒他开慢些，他稍微照顾一下我的感受（放慢了速度），然后就又依然故我了。其中有一段，车驶进大雾，能见度很低，我们建议他停在旁边等雾散了再走。也许是被我们的啰嗦惹烦了，也许是为了证明自己"艺高人胆大"，他竟解开了自己的安全带，继续驾车疾进。虽然这让我当时感觉很有点不舒服，但事实证明，小伙子这样做是有底气的。第二天，同样还是由他开车，路上遇到了更多复杂情况，他都凭借娴熟的技术一一化解，让我不得不向他竖起了大拇指。尤其是几次在极窄的巷子里会车，他使出闪转腾挪的技术成功通过，实在令人叹为观止。

　　再说回第一天。汽车不断向前行驶，路上不断"跃出"几个村镇，一条小火车道也开始出现在道路旁边，而这几个村镇也正是乘火车前往大吉岭的停靠站。由于正赶上下午放学时间，许多学生沿着路边三三两两地走着。他们绝大多数都身穿校服，装束接近英美学校的学生：上身是毛衣，内套白衬衣和领带，男生下身穿短裤、女生穿短裙，套长筒袜。尤其令我惊奇的是，他们的长相和我熟悉的典型印度人并不一样，而是更接近我国西藏人以及尼泊尔人的模样。后来我了解到，由于大吉岭地处中国、印度和尼泊尔之间，有许多尼泊尔裔在这里工作、生活，尤其是在军队中服役，所以这里的学校中尼泊尔裔的孩子很多，军队中也不例外。果然不久，我们就看到了两辆军队的车。之后两天的行程中，我们又多次看到当地的学生，而且还了解到，我们的导游小时候就是在大吉岭上的学，而他的母校就在我们入住的酒店旁边。

　　在路上，另一种特殊职业也引起了我的兴趣，这就是曾经在小学课文学过的"挑山工"。这些印度的"挑山工"通常个头不高，身材粗壮，一个个弯着腰、步履蹒跚地走在山路上,而且其中不乏一些妇女的身影。不过,用"挑山工"这个词好像对他们并不恰当,因为与国内肩挑、手扛不同,他们都是用一根绳子,一头拴在货物上,一头系在脖子上,背负货物而行。这让我不禁对他们脖子的硬度惊叹不已,并想起我国古代的"强项令"的故事。这难道不也是一种对生活不屈服的精神吗?

这里的山路十八弯,一弯山路一番风景。正当我们想象着下一弯会带来什么时,车子转过一个山弯,一幅壮丽的图景忽然跃入眼帘:在一大片宽阔的山坡上错落分布着各种各样的建筑,而且色彩鲜艳,在阳光的映照下宛若仙境。我和同行的朋友都不约而同地发出了"哇"的一声赞叹。大吉岭,我们来了!

/ 路上所见建筑

邂逅茶园

大吉岭是西孟加拉邦一个著名的地区，广义上不仅包括大吉岭镇，还包括我们来时路上经过的那几个镇、我们下飞机的地方以及另一个重要的交通枢纽西里古里。大吉岭，Darjeeling，源于尼泊尔语，由 darjee（意为雷霆万钧）和 ling（意为地方）两个词组成。Darjeeling 原是当地一座庙宇的名称，相传很早以前锡金和尼泊尔两国打仗，最后在这座庙里和谈并达成协议，该庙从此声名远播，久而久之成了整个地区的名称。中国人根据音译，把这里叫成了"大吉岭"。想想这里坐落在重山之中，叫成"岭"倒也恰如其分，何况名字中还透着喜气呢！

自从 19 世纪被英国人发现，大吉岭就成了印度有名的避暑胜地，到今天依然如此。后来，英国人又从中国引种来了茶树，与本地独特的海拔、气候、土壤条件相结合，孕育了闻名世界的大吉岭红茶，成为本地的另一张名片。

目前，大吉岭镇共有 15 万人口，而且人口规模还在不断扩大，这里日益成长为一座新兴城市。旅游和茶叶是其两大主要收入来源，游客主要来自英德等欧洲国家和日本，茶叶也主要出口到这些国家。正因为如此，当地政府对这两大产业的发展都极为重视。在镇子里漫步，走不多远你就会发现一个游客服务中心；大街上过一段距离就会出现一块旅游地图板，标明你所在的位置；当你遇到困难时，当地警察也都会积极帮你排忧解难。同时，镇里面各种与茶相关的店铺星罗棋布，政府还专

/ 宾馆房间

门设立了一个扶持小型茶叶企业发展的项目,可谓煞费苦心。

这次我们入住的是建于1887年的埃尔金酒店,据导游说是本地最好的三家酒店之一。一进入大门,就有一种十分清新的感觉。院子里巨树参天,有个小亭子,亭中除了座椅还设了一架秋千,回廊则用栅栏相连接。酒店共有61个房间,全木质结构,显得精致而小巧。大堂和走廊上挂满英国女王伊丽莎白二世的画像和其他一些老照片。喝汤用的是浅盘而不是碗,显出十足的英国做派。旅行社再次安排了中餐,解决了我们的后顾之忧。总之,除了房间的被子有点潮之外,真的没什么可挑剔的了。最重要的是,这样的酒店每个双人大床房间每天房费仅约合九百元人民币,而且包含早晚两餐,实在是物超所值。

不过，酒店再好，也只是用来晚上睡个觉，因为外面有更多吸引我们的地方。所以，放下行李，我们就迫不及待地出发了。在导游的带领下，来到当地一家著名的红茶店铺。看有客上门，茶博士殷勤地招呼我们落座，并捧上该店的各种茶让我们试饮。这家店经营的是一种叫Golden Lips的茶叶，在当地非常有名，我们还没进入大吉岭时就看到了它的大幅广告。不过这家店自家并不生产茶，而是从各家茶园收购茶叶贴牌出售。通过茶博士的介绍，我对本地茶叶的情况有了大体了解。原来，这里一年之中可以产四拨茶，其中春季是第一拨，相当于我们的明前茶，然后依次直到晚秋。而味道则随着茶树的日益生长成熟，变得越来越浓。从种类上讲，又分为白茶、红茶、绿茶和乌龙茶等，而大吉岭尤其以红茶出名。同行的美女朋友家乡出茶，自己也喝茶，最后，在她的带领下，我也买了几包，算作来大吉岭的纪念。

第二天，我们又专门去参观了当地的一座茶园，对大吉岭茶有了更深的了解。尽管大吉岭地区茶园密布，但这座名叫"欢乐谷"的茶园却是唯一位于大吉岭镇城区的一座。与Golden Lips茶店不同，这里属于加工销售一条龙，自种、自采、自制、自售，有与茶园同名的茶叶品牌。听茶园的工作人员介绍，茶叶的品种分别主要是源于加工工序的不同，其实出于同一种叶芽。相比而言，白茶和绿茶因为未充分发酵，保留了更多茶叶最自然的成分，对身体更有好处，特别是其中的抗氧化物可以养颜、抗衰老，但不足之处是味道清淡。红茶有养胃的功效，味道也较浓郁，入口绵长，让人真正能体会到"喝茶"的感觉，这也是其受到英国人青睐的重要原因。所以，英国一直是大吉岭红茶的主要出口地之一，但由于2016年英国举行公投决定脱离欧洲，也为未来大吉岭红茶在欧洲的销售注入了不确定因素，足见当今世界相互之间的联系是多么紧密。

随后，工作人员带我们参观了制茶的整个工序，从采青、浪青到发酵、烘干等，并专门介绍了一种源自中国的传统木质浪青工具。如今，这里几乎全部实现了机械化，大大解放了人工，提高了劳动生产率。我们还深入茶园，近距离接触采茶人，并探访了一名采茶女的家庭。这家共有五口人，房子面积二十多平方米，分为一间客厅、两间卧室、一间儿童房和一间供神室，厨房和卫生间设在主房外面。房子漆成青绿色，与外界浑然一体，显得干净、明亮。据主人介绍，这套房子已有些年月，但由于他们每年都会重新把房间油漆一遍，所以并不显旧。房间内空间狭小，家具也不是太多，但却摆放得井井有条。而这已经是当地一个中产阶级水平的家庭。

难忘的旅游项目

登虎山看日出是当地旅游的重要项目之一，但由于第二天早晨天气不佳，我们放弃了起大早的打算，而是选择早餐后再上山。也许是如美女朋友说的我们"人品大爆发"，我们上路后，天气竟然渐渐转晴了，周围的景物也不再是雾里看花，变得慢慢清晰起来。司机小哥又开始"秀"他的驾驶神技，无论上坡还是过坎，都开得游刃有余，颇有一种中国古代剑客"人剑合一"的感觉。从大吉岭到虎山有十几公里，但除了中间有几次因为道路狭窄要等待错车外，几乎没受什么耽搁，花了半个多小时就到了。可当汽车驶上通往虎山的岔路时，我们却皱起了眉头：横杆挡路，禁止通行！难不成我们要腿儿着爬上去吗？这时候，我们的"人品再度大爆发"，导游竟然成功说服守卫，为我们放行了。到了山顶我们才知道，原来这里正在施工，搭建新的观景台，而且旁边的电信发射塔具有军事用途。

可以说，大吉岭的地理位置极为特殊，居战略要冲。站在山顶，凭栏临风，看脚下云雾升腾，不由人思绪万千。从这里望去，南面是孟加拉国，北面是印度锡金邦，东北面是不丹，西北面是尼泊尔，再往北则是我们的祖国山河。

俗话说，有山就有庙。来大吉岭旅游，参观当地的寺庙当然必不可少，我们自然也不例外。历史上，大吉岭分分合合，城头变幻大王旗，归属几度易主，最终被英属东印度公司控制，成为独立后的印度的一部分。因此，这里的文化具有明显的多元文化交杂、融合的特征，印度教、藏传佛教在这里都有所影响。在来大吉岭的路上，我们已不时看到一些五色的经幡和看似有藏传佛教特征的建筑，到达大吉岭之后发现这些更是举目皆是。后来据导游讲，这些寺庙并不都是藏传佛教寺庙，有些其实是印度教寺庙，二者在许多外在特征方面已区别不大，供奉的神灵也有交叉。导游带我们参观了两座藏传佛教寺庙。这里的寺庙规模一般都不大，只有一进大殿。其中一间寺庙据说是两个多世纪以前，由一位来自蒙古的僧人所建，寺名的英文原义是"幸福圣洁之地"，因为坐落在大吉岭近郊的古姆镇，久而久之就被人们称为古姆寺了。

当天另一个游览项目是参观喜马拉雅登山协会。协会的首任主席丹增·诺尔盖是世界上第一个成功登顶珠峰的人，也是大吉岭人。1953年，他参加由英国人组织的登山队，于5月29日与另一名新西兰籍队友一起完成了人类历史上的这一伟大壮举，因而获得印度政府颁发的莲花勋章。诺尔盖原本是英国登山家的向导，后来自己从事登山活动，并取得巨大成功，实现了类似从领跑员到世界冠军的华丽转身。后来，诺尔盖回到大吉岭，加入这家登山协会，至今协会都与世界各地的知名登山组织保持着密切联系。协会还建造了一座登山博物馆，里面陈列着与登山特别是攀登珠峰有关的各种照片和装备，也是作为对诺尔盖的一种纪念。

我们还参观了与登山协会仅一墙之隔的大吉岭动物园。动物园面积不大，但很有特色——这里收养的绝大多数是喜马拉雅山地区的动物，像雪豹、高山羚羊、牦牛等。另外，动物园的建筑设计也很巧妙，整个园子坐落在一片树林里，非常贴近动物的自然生长环境。同时，许多动物的巢穴都依山而建，动物在山坡下，游客在山坡上，这样既能防止动物伤人，也便于游客观赏。

体验"玩具火车"

第三天，我们专门体验了大吉岭独有的"玩具火车"观光项目。被称为"玩具火车"的喜马拉雅小火车是现存世界上最早的蒸汽机车之一，只有两节车厢，每节乘坐28人，使用喜马拉雅窄轨铁路，现在主要用于大吉岭至古姆的短途旅游观光。大吉岭至古姆路程只有八公里，而这种小火车却要行驶一个小时，而且中途要停两次，一次是让游客参观，一次是加水，其速度可见一斑。看旁边马路上的汽车一辆辆从车厢旁飞快地驶过，我猜想，稍微经过专业训练的长跑运动员的速度可能都要比这种火车快。

火车贴着山坡迤逦而行，许多时候几乎擦到旁边的岩石，依坡而建的许多小店铺的商品看起来似乎触手可及。起先，火车一直贴着道路的左侧，后来就时不时跨越马路在左右两侧交替行驶，搞得马路上的汽车不得不停下来等火车通过，而这全靠大家的默契。听导游说，之所以要这么绕来绕去，是由于机车的动力不足，所以只能像蚯蚓一样搞"曲线救国"。别看火车像玩具一样，但列车长、司机、信号员、机修工等工作人员一应俱全。另外，我们发现，在车头的煤堆上还坐了个人，开始以为是印度朋友"开挂"模式的又一例证，后来才发现竟是列车不可或缺的工作人员——填煤工。

这次游览美中不足的是，由于保留了最古老的蒸汽动力，火车虽小，污染却很大，大大破坏了我们之前对这次游览的美好印象。火车所过之处，车头冒出的黑烟四处弥漫，同行的朋友不得不用手绢捂住了口鼻，因此，原定的再乘车返回计划不得不临时终止，改为坐汽车返回，即使返程时我们都能闻到空气中的煤烟味。后来我们了解到，由于要保持原汁原味，且机车内部机械装置根本无法局部改造，这种污染也就在所难免了，因此当地也只保留了这一辆火车供旅游体验之用，其他都已改为柴油动力。果然，不久我就看见一列柴油动力火车驶来，不只完全看不到黑烟，噪声也大为降低。私下认为，解决小火车的污染问题，其实可以尝试在烟囱上装一个除烟装置，黑烟经过处理再排放，这样一方面满足了人们体验世界文化遗产的需要，另一方面也达到了环保要求。其实，反过来想，小火车的落后不也正反衬了社会的发展和进步，为后来更先进技术的出现打下了基础，体现了社会的传承吗？

在阿贝奥库塔与尼日利亚的帝国历史相遇

姚艾[*]

引言

非洲一直被大家认为是神秘而充满挑战的。这片大陆以其丰富的自然景观、多样的文化和历史遗迹而闻名，吸引着世界各地的游客。热门的旅游目的地通常在肯尼亚、坦桑尼亚、纳米比亚、摩洛哥等国，到位于西非的尼日利亚去旅游的人并不多，不过，这里却是中国商人在非洲的重要商业"阵地"。据估计，目前大约有 10 万中国人居住在尼日利亚，主要集中在拉各斯和阿布贾等城市。其实尼日利亚作为一个拥有丰富文化、历史和自然资源的国家，同样拥有许多值得探索的旅游目的地，可以带给人们独特的体验。

2023 年 5 月，我来到了尼日利亚的伊巴丹，这是奥约州的首府，

---

[*] 姚艾，北京外国语大学约鲁巴语师资研究生。

位于尼日利亚西南部，是撒哈拉以南最大的城市。这个城市 90% 以上都是约鲁巴人。我也在伊巴丹大学里的语言学校学习约鲁巴语。6 月 24 日，语言学校组织出游，学校的老师们带着我们十几个学生一起坐着大巴前往奥贡州的阿贝奥库塔。为了我们的安全考虑，大巴上还配有持枪的保安。从伊巴丹大学出发，出了城区，可以看到路边几乎全是灌木丛。当天下大雨，路上经常会有水坑，排水情况不好，路面上也全是水，车程大概两个小时。

非洲扎染初体验

我们的第一个目的地是一个扎染作坊。约鲁巴人如今还是习惯买布料然后再找裁缝做衣服，所以各种布料还是很受欢迎，他们将扎染布料称为 aso adire。尼日利亚的扎染工艺是一种历史悠久且独具特色的手工染色技艺，它不仅用于制作各种衣物和家居用品，更是尼日利亚文化的重要载体。我们参观的这个作坊里，多是女性和小孩。他们将素布以不同的手法折叠然后扎起来，再淋上染料，浸泡一段时间之后再将布料晾晒起来使其成为色彩斑斓的扎染布。除了扎染布料，这个作坊还售卖印花布料，当地人称为 ankara，也是他们经常穿的布料。扎染工艺的多样性和创新性使其在现代时尚和艺术领域中备受青睐。扎染的技巧各不相同，可以产生出各种颜色和图案。这种多样性使得扎染工艺不仅在传统服饰中占有一席之地，也在现代时尚设计中展现出其独特的魅力。通过这些精美的布料，我们可以感受到尼日利亚人民的智慧、创造力和对生活的热爱。

/奥卢莫岩

鬼斧神工的祖先岩石

参观并体验了扎染过程之后,我们前往此次出游的重点——奥卢莫岩。奥卢莫岩是阿贝奥库塔最著名的自然景观之一,这座巨大的花岗岩露头高137米,出自大自然的鬼斧神工,矗立在城市的中心。它的名字Olumo由两个词组成:olu意思是神,mo意思是塑造。整个景区看着并不大,这块古老的岩石就坐落在一座小山上面,旁边延伸出一条走廊和电梯楼,坡地郁郁葱葱,坡上也有很多比较大的石块,被雨水冲刷得很圆润。据导游说，奥卢莫岩石在1976年成为旅游景点，并于2006年建设了博物馆、餐厅、楼梯和电梯。不过我们当天并没有看到博物馆，电梯也没有投入使用，不知道是否废弃了。往上爬的时候，我们走的是人工凿的楼梯，返回时走的位于电梯楼里的楼梯。因为海拔不高，所以攀爬起来并不困难，不过到了岩石上之后就没有楼梯了，有的地方会比较滑，得需要手脚并用。在路上有一棵古树引起我们的注意，它的树龄已经超过200年。导游说这棵树一年四季都不会枯萎，也不会落叶，它一直都生机勃勃，无论是旱季还是雨季。攀上岩石顶后，整个阿贝奥库塔的景色尽收眼底，俯瞰整个城市和周围的乡村时，所有的疲惫和汗水都变得微不足道。这种壮丽的景色不仅让人心旷神怡，更让人对自然的力量产生敬畏。

奥卢莫岩石不仅是阿贝奥库塔的地标，更是埃巴人历史的象征。据悉，它的历史可以追溯到19世纪的奥约帝国，奥约帝国与达荷美王国经常发生冲突。由于阿贝奥库塔地处棕榈油贸易的要冲，又是埃巴人的首都，达荷美就对其产生了敌意。在1851年的阿贝奥库塔战役中，埃巴人击败了盖佐国王率领的达荷美人的入侵。1864年，他们再次击退了达荷美军队。奥卢莫岩成为了约鲁巴内战期间流离失所的约鲁巴人和达荷美奴隶的避难所。这块岩石是一个天然的避难所和堡垒，它既占据了监视敌人的有利位置，也是埃巴人保护新城镇的力量之塔。在岩石下的洞穴里，我们还发现了一些小坑，这是以前人们留下的生活痕迹，据说是当时避难的埃巴人挖的，用来研磨辣椒和其他食物。战争的胜利巩固了阿贝奥库塔作为坚不可摧的堡垒的地位。从那时起，人们就将奥卢莫岩视为保护神殿，并每年都举办祭祀仪式。岁月流转，时过境迁，奥约帝国已经不复存在，如今，奥卢莫岩以另一种方式继续守护着这座城市——通过吸引游客，展示其自然之美。对于埃巴人而言，他们仍然尊崇他们的最高统治者——阿拉克，他会代表人民在神龛中献祭，并为整个国家和全体埃巴人以及参观岩石的游客祈祷，在景区还能看到一些雕像和祭祀仪式留下的痕迹。

/ 埃巴人挖的地面坑图

/ 当地活动表演

攀登奥卢莫岩的过程不仅是一次身体上的锻炼，更是一次心灵上的洗礼。沿途遇到的小商贩还有景区的工作人员，都会友好地向我们打招呼。有些孩子好奇地围绕在我们身边，打量着我们这些外来者，他们会叫我 Oyinbo（意思是浅肤色的人），还会在一些比较危险的位置帮助我们，如果我们对他们有所回应并说约鲁巴语，他们会露出惊喜的笑容。这些小小的互动让我感受到了尼日利亚人民的热情。

关于尼日利亚旅游业发展的思考

奥卢莫岩是一个受欢迎的旅游目的地，也是阿贝奥库塔和尼日利亚人民的骄傲。这次旅行让我对尼日利亚的旅游前景和挑战有了更深入的思考。尼日利亚拥有多样的自然风光，从奥卢莫岩到祖玛岩，从埃林 -

伊杰萨瀑布再到扬卡里国家公园，这些自然景观为游客提供了丰富的选择，不仅如此，其历史和文化同样丰富多彩。从传说为约鲁巴人起源地的伊莱伊费城到卡杜纳古诺克定居点，从各大历史博物馆再到多样的画廊，这些历史文化地标都展示了尼日利亚悠久的历史和丰富的文化遗产。尼日利亚的美食也是吸引游客的重要因素之一：西非炒饭、尼日利亚烤肉、埃古斯浓汤、木薯面团等传统菜肴各具特色，也承载着当地人的历史记忆。当地传统节日和活动丰富多彩，如为了护送逝去的拉各斯国王或酋长的灵魂并迎接新国王的到来而设置的埃约节，阿尔贡古钓鱼节，祈祷得到奥孙女神祝福的奥孙奥索博节等，这些活动不仅展示了当地的文化，也为游客提供了独特的体验。

尽管尼日利亚拥有丰富的旅游资源，但基础设施的不完善仍然是旅游业发展面临的主要挑战。交通、住宿和旅游服务等方面的不足，可能会影响游客的整体体验。这次去阿贝奥库塔和埃林－伊杰萨瀑布等地，我们都发现花在路上的时间比真正游玩的时间长，并且每次都需要租大巴，别的交通工具都支撑不了旅行。旅游目的地附近会出现一些小商贩，不过餐厅、厕所等设施基本看不见，所以会有很多不便。安全问题也是游客需要考虑的重要因素。虽然大部分地区相对安全，但部分地区的治安问题仍然存在，这就是为什么我们会带着持枪的保安。有些当地人有时出于好奇也会围着我们，就算没有恶意，也会让人感到紧张，更不用说一些人会向我们乞讨或者讨要小费等。

随着旅游业的发展，改善环境、保护环境也提到了日程上。此外，尼日利亚的旅游宣传和推广力度还有待加强。许多潜在的游客对尼日利亚的旅游资源了解不足，无疑限制了旅游业的发展。我们都是由语言学校的老师们带着游玩的，如果自己出游，则只能在网络上搜索到一些基础信息，很难找到详细的路线、游玩方式、当地特色等信息。我在伊巴丹生活了一段时间后，发现大部分人由于贫困很少旅游，这也导致旅游信息分享有限。

在阿贝奥库塔的旅行和与当地人的交流中，我了解到了尼日利亚的部分文化和历史，这些是有别于殖民文化的传统本土历史的。这种跨文化的交流和理解，是旅游过程中最宝贵的收获之一。尼日利亚的旅游业具有巨大的潜力，但也面临着诸多挑战。通过加强基础设施建设、提升旅游服务质量、加大宣传推广力度，尼日利亚有望成为非洲的旅游热点。同时，保护环境、确保游客安全也是尼日利亚旅游业发展的重要保障，这需要各方的共同努力和支持。

探访"死亡工厂"奥斯威辛集中营

汤黎[*]

奥斯威辛集中营是二战期间纳粹德国在欧洲修建的 1000 多座集中营中最大的一座，1940 年至 1945 年期间，在这里先后囚禁过 130 万人，共有约 110 万人被德国法西斯所杀害，其中大多数是犹太人。如今，它已成为大屠杀、种族灭绝和恐怖的象征。2015 年 4 月中旬，记者采访每年一度的奥斯威辛"生者大游行"时，再次探访了被称为"死亡工厂"的奥斯威辛集中营博物馆。

奥斯威辛集中营位于波兰南部，离首都华沙 300 多公里，是奥斯威辛小镇附近 40 多座集中营的总称，是德国纳粹 1940 年建造的，主要由奥斯威辛 1 号主营、2 号营（比克瑙）和 3 号营组成，是二战期间纳粹德国最大的"杀人工厂"。1945 年 1 月 27 日，苏联红军解放了奥斯威辛，包括 130 名儿童在内共 7000 名幸存者获救。1947 年 7 月 2 日，波兰议

---

[*] 汤黎，中央广播电视总台译审，曾任中国国际广播电台驻波兰首席记者。

会通过一项有关纪念殉难者的法案，正式成立奥斯威辛－比克瑙国家博物馆。1979年，奥斯威辛集中营被联合国教科文组织列入《世界文化遗产名录》。

博物馆新闻办公室主任巴尔特泽尔告诉记者说，博物馆是在二战结束的2年后，也就是1947年成立的。建博物馆的想法最早是由前集中营囚犯，也就是集中营的幸存者提出的，他们希望后人记住这个地方，让世界引以为戒。巴尔特泽尔说，1947年后，这座博物馆已经不单纯是传统意义上的博物馆，而且还是缅怀之地，奥斯威辛就好像是一座坟墓。如今的博物馆是大屠杀的象征，是战争的象征。

奥斯威辛1号主营和2号营比克瑙现存的部分区域占地面积共191公顷，其中1号营20公顷，2号营比克瑙171公顷。两个集中营之间

/ 用德语写着"劳动使你自由"的集中营大门

/死难者的鞋子

相隔 3.5 公里。虽然记者多次参观过集中营博物馆，但每一次仍受到心灵的震撼。

在一间展室里，堆放着近 2000 公斤的头发，还有妇女的辫子。据说，当时这些头发被运往德国织成毯子。史料记载，当纳粹德国撤离集中营时，光是来不及运走的头发就达 7 吨。记者看到几个在参观的女学生不停地抽泣或抹眼泪。在博物馆的另外几个展室里，还可以看到堆积如山的眼镜、各种假肢、用各种语言写着不同国家的地址的皮箱，堆积如山的各式鞋子等，惨不忍睹。

记者看到有一位戴眼镜的中年人仔细观看每一幅照片和死难者留下

的遗物。上前攀谈后，得知他叫艾萨克。他的外祖父生在华沙，母亲是波兰人，1935 年他的家人逃到以色列，才免于被投入集中营的劫难。他是第一次专程来博物馆参观的。他对记者说："你无法理解他们的罪行，我的意思是，令人难以置信，你不会对狗做的事，他们却对人做了。我们必须确保这样的悲剧在世界上任何地方都不再发生。不光在这里，在世界的任何地方。我不确定，我们是否做得足够多，以阻止这类事件在世界任何地方再发生。"

83 岁的集中营幸存者泽夫是战后第一次从以色列重返集中营。在集中营"劳动使你自由"的大门前，他向记者讲述了在集中营的非人生活。他说，他担心这里发生的事情会再次重演，他亲眼看到过德国纳粹怎样杀害那些孩子，怎样杀人……他们当时没有吃的，没有水喝。他们家一半的人都惨遭杀害，他的祖母、他的朋友、他的老师都惨死在集中营。老先生控诉说："没有任何理由地杀人，为什么？！为什么？！"他声泪俱下，几度哽咽；站在旁边的一位看上去不到 10 岁的小姑娘听着老人的讲述，眼泪不停地往下流。

在奥斯威辛集中营里，记者看到一群波兰中学生正在聚精会神地听讲解。一名叫博采克的高中生对记者说，他们来自波兰中西部的卡利什市。这已经是他第三次来集中营参观了。他语气沉重地说，这是一堂特殊的历史课。奥斯威辛的一切让人感到压抑。纳粹希特勒的所为是极大的反人类罪，很多无辜的人被带到这里，惨遭杀害。

在集中营里 11 号楼和 12 号楼之间的院子里有一面死亡墙，不知道有多少犯人在这里被纳粹枪毙。不少参观者在墙下献花或点燃蜡烛，缅怀被纳粹德国杀害的无辜死难者。

集中营内设有大规模杀人的"毒气室"和"焚尸炉"，当年囚犯被运到集中营后，德国纳粹以"洗澡"为由把囚犯骗进毒气室，喷头里的毒气致使毒气室里的人们在短短十几分钟内痛苦地死去。之后，尸体被拉到焚尸炉里火化。尽管焚尸炉每天可焚烧 8000 具尸体，但仍赶不上毒气室的杀人速度。80 岁的集中营幸存者杜舍克回忆说，1944 年他被带到集中营时还是个 9 岁的男孩。饥饿和恐惧一直伴随着他，当他看到不远处从焚尸炉冒出的青烟，闻着可怕的味道，他真的害怕被烧死，害怕遭遇同样的命运。

今天的奥斯威辛博物馆成为教育中心、文物保护中心和历史研究中心。近年来，每年有 150 万来自世界各地的人到奥斯威辛集中营遗址参观，希望了解这段历史，不让这里的悲剧再发生。

我所看到的阿拉木图

林威[*]

阿拉木图在1991年苏联解体后到1997年，是哈萨克斯坦的首都，后来首都移至阿斯塔纳，这里成为哈萨克斯坦的第一城市。

2024年8月，到阿拉木图参加展会，已经呆了四天。此刻，吃完晚饭洗完澡，一看手机，居然还不到21点……3个小时的时差，说长不长，说短不短，让人很是尴尬……

酒店的房间，非常不制冷的老式空调以及挂在墙上那唯一一盏闪闪烁烁的壁灯，让我不得不感叹，电费也并不贵啊，为什么这个民族这么节约电，难道是我太奢侈了。但是哈萨克斯坦的第一城市，也如此节俭，只能说基础建设真的有待提高！

趁着这份独特的安静和昏黄的氛围，给大家从衣食住用行写写我的所见所闻。也许写得并不全面，但是这也是工作途中我的旅行习惯。

---

[*] 林威，广东中山市崇德电器实业有限公司外贸主管。

经济之都——阿拉木图，一个在地震带的城市，沿途多是并不高大的建筑，甚至很多一至两层的小房屋。从城市的任何一个地方，往远处看，那里就是和中国共享的山脉——天山山脉。终年的积雪，连绵不绝的南天山下就是这座城市，它拥有130多个民族，其中大部分居民是信仰伊斯兰教的穆斯林。所以，这里很难有猪肉，甚至看不到猪。

我认为，一个民族的集体信仰，就决定了民族的未来和人民的生活。

此行为我做翻译的帅哥叫哈桑，他会说四个国家的语言：哈萨克语，俄语，英语，汉语。哈萨克语是母语，俄语是哈萨克斯坦的官方语言之一，他在新疆大学中文系学的汉语，还顺便学会了英语。长得帅，人也优秀，赚钱多也是应该的，一天翻译的费用是1000元人民币，约合65,000坚戈。我们在阿拉木图要和当地人交流，只能找翻译，因为打手势没用，俄语不仅难听懂而且更难学。

至于汇率，我之前在越南时感受到汇率比较夸张，随便吃个饭都是十几万（越南盾），这里好一点，一般吃个饭只需要1—2万（坚戈）……随便打个车都是几千……也是挺好玩。只不过相比越南盾的几千万，确实是好太多了。其实在任何一个环境下，只要我们能适应，一切也都是那么地顺其自然。

因为阿拉木图处于地震带，所以这里最高的楼房也只有17层。酒店和富人区住宅不会超过9—10层。这也解释了为什么在阿拉木图的任何地方，都可以远望积雪的天山。

从新疆省会乌鲁木齐坐飞机一路往西，只需要 1000 多公里、耗费 1—2 小时，就可以到阿拉木图。因为距离不远，这里还能看到新疆的车牌。不少新疆人也愿意来到这里就业和生活。但是这里的物价，也真的不便宜。

不过，这里最感人的大概就是天然气和石油了：国内的油价不断往上涨，但是这里，合人民币 3 元左右的油价，真让人太感动了！还有的加油站会优惠到 2.8 元、2.9 元……这里是水贵于油，一瓶水合人民币 3 块多（将近 4 块），大概是因为使用的是苏联时期的老旧净水器管道。

与越南经济之都胡志明市的马路上的场景相比，阿拉木图的路边几乎一辆摩托车都没有。这里满大街的油车，简直比我们的一线城市的汽车还多。大概这就是油价便宜的好处，就是人人开得起，烧得起。但是这里基本没有新能源汽车，因为电比油费贵！我在越南看到了很多中国

/ 停车场

品牌的车：比亚迪、奇瑞、哈佛，还有红旗、长安……但是在阿拉木图，马路上跑的，除了日本的丰田，其他几乎全部是韩国车。翻译说，因为哈萨克斯坦之前和韩国关系好。不过，哈萨克斯坦现在和中国关系好，所以中哈都是免签。"一带一路"倡议筑起了两国人民的友谊长城。我记得上次去越南，越南海关看到是中国人的护照，平均每一个中国人他们都要查看10—15分钟。这次来阿拉木图，当地海关人员看到中国护照，不到2分钟就爽快地盖上了印章！回程也一样。

　　油车多，也有让人不适的，就是这里的汽车没有报废年限也没有年检，开废为止，所以无数老旧的二手车在宽阔的四车道奔驰……空气中飘浮着浓重的汽油味，时间长了，让人觉得有些恶心想吐。翻译说，阿拉木图没有自己的汽车品牌，全靠进口，所以汽车也格外贵，二手车是最佳的选择。

/ 电动滑板车

除了汽车，当地人最喜欢的交通工具就是滑板车了。就像中国的共享单车一样，他们的电动滑板车也有"小黄"和"小绿"，人人都可以扫码骑行，还有专门的人行横道可以开滑板车。租用滑板车，一分钟不到50坚戈，也就是不到1元人民币。不过，开滑板车也需要有小车驾照。

阿拉木图的道路基础设施其实很不错，很多地方都是单向的四车道。有趣的是，宽阔的大路两边，都是开着一扇门的商店，无论是餐馆、酒店还是市场，哪怕是那么大的展会都只有一扇门。真有一种"一夫当关，万夫莫开"的气势。

我没有问翻译哈桑为什么每家的门那么小，因为我想也许对当地在冬季零下30度到零下40度的极寒天气，以及在夏季37度上下的超热但空调很差劲的天气来说，小门简直是隔热和隔冷的神器！

从酒店窗户往外面的街道望去：昏暗的街道，路灯真的太暗了……一边看着窗外，我一边回忆在阿拉木图的饮食：

肉食为主的哈萨克人民，爱吃羊肉、牛肉、马肉，特别喜欢马肉！他们的食物还有马奶、马肉汤！马奶怎么说呢，又酸又咸……马肉又大块又软糯又咸……牛肉又大块又咸……好像天山的粮草是咸味的一样，这里的肉都很咸。

也许是因为咸，利于保存；也许是因为咸，利于降暑。但是，洗手间和饮水机里面的水，是真冰。洗手间自动感应机里面的水，是冰水！机场也是，展会也是……也许天山的雪水直接供养了当地的人们。

翻译哈桑说：吃肉会进入你牙里；不吃肉会进入你梦里！

这里的米饭又硬又贵，我已经感觉我四天没有进米饭了……

今天我好奇地问哈桑：为什么你们哈萨克人的鼻子这么长？好像北方人的鼻子都很长。

哈桑一本正经地跟我说：因为北方的冬天太冷了，鼻子长，是为了使冷空气在鼻子里面停留时间更长一些，变得温暖，对肺部好。

真的？？？

好像是有点道理！

但是北方人的颜值真的不赖，男生帅气，女生漂亮。

接待我们的人说，哈萨克贫富差距很大，这里有人人都念叨的富人区——就是这样命名的，也有平民区。租房比买房还要贵。

此刻，2024年8月，巴黎奥运会正在继续，每天都有人在欢呼，也有人在失落……然而在这里，平凡的角落，没有人关心那些，每个人都在继续自己普通而平凡的生活！

土耳其国庆节随笔

李伟莉 *

土耳其——一个我学习、工作、生活了 20 年的国家，是我名副其实的第二故乡。

土耳其共和国 1923 年 10 月 29 日建国，至今（指 2024 年）已历经了 101 个春秋。土耳其地跨亚欧两大洲，与希腊、保加利亚、格鲁吉亚、伊朗、阿塞拜疆、伊拉克、叙利亚、塞浦路斯等相邻，三面环海——北临黑海、西临爱琴海和马尔马拉海、南临地中海，拥有博斯普鲁斯海峡和达达尼尔海峡两个重要海上通道，是一个 97% 国土在亚洲、3% 国土在欧洲的地理位置非常重要、旅游资源很丰富的国家。

2024 年 10 月 19 日下午，中国外语教学与研究出版社代表团来晔迪特派大学孔子学院访问，在会谈期间她们问了我一个问题："当代土耳其人是怎么样的人？" 当时我们就土耳其人的工作态度、宗教信仰、

---

* 李伟莉，土耳其晔迪特派大学孔子学院副院长，历史学博士。

生活习惯、薪资水平及国家政策制度等聊了很多。一周多过去了，这个问题仍然在我的耳边萦绕，让我思绪万千、心情久久不能平复。正值土耳其国庆节，看着各家各户窗前自觉自发地挂起了鲜红的星月国旗，我似乎全都明白了。桑德拉·劳伦斯在《为什么要学点历史》一书开篇是这样阐述的："历史……从来不是单独的一条故事线，而是一张连接无数因果的关系网。遥远的各端，可能是几个世纪前看似毫不相关的渊源。我们唯有后退一步，方能纵观大局；深入具体事件，再探寻其中的关联。"

土耳其人并不是安纳托利亚的土著居民，也不是赫梯人的后裔。土

/ 博斯普鲁斯海峡七·一五烈士桥

耳其人认为自己是突厥人分支塞尔柱人的后裔,曾是一个逐水草而栖的游牧民族。塞尔柱突厥人——突厥血统乌古斯部落联盟的一支,10世纪末开始西迁进入锡尔河下游一带,加入伊斯兰教逊尼派的行列并依附于萨曼王朝和加兹尼王朝成为圣战士,致力于发动对异教徒的"圣战"。1071年曼奇喀特战役后,拜占庭帝国的东部边境门户大开,塞尔柱突厥人自东向西涌入安纳托利亚,自此安纳托利亚的政治格局、人种结构和宗教信仰开始改变。1096年,历时近两个世纪的"十字军东征"拉开了序幕。在穆斯林看来,"圣战"既是物质财富的来源,也是权力合法化的根基。奥斯曼帝国就是在安纳托利亚的"圣战"实践当中崛起的突厥政权,一方面,突厥人为穆斯林"圣战"横刀策马、功勋卓著;另一方面,13世纪蒙古开始西征,迫于蒙古西征军队的压力,大批突厥血统的穆斯林从亚洲腹地西迁移入安纳托利亚,进而加速了该地区的突厥化和伊斯兰教化的进程,为奥斯曼帝国的崛起奠定了社会基础。

奥斯曼帝国以第一位苏丹奥斯曼(1258—1326)而得名,自1299年建国至1922年推翻帝制经历了长达6个多世纪的兴衰,奥斯曼家族的最高统治者世袭了36位苏丹。3次迁都,从1302年定都安纳托利亚西北部萨卡利亚河谷的卡拉加希萨尔,到1326年迁都布尔萨,1402年建都巴尔干半岛南部的埃迪尔内,直到1453年苏丹穆罕默德二世(1432—1481)攻陷伊斯坦布尔(原名君士坦丁堡)后,最终定都在这个地跨安纳托利亚和巴尔干半岛的文明古城。奥斯曼帝国的苏丹以"圣战"为首要职责,1596年穆罕默德三世(1566—1603)征战匈牙利,1621

年奥斯曼二世（1604—1622）征战波兰，穆拉德四世（1612—1640）1635年征战埃里温和1638年征战巴格达，可谓征战四方、开疆扩土。奥斯曼帝国的疆域在鼎盛时期曾统治包括希腊、保加利亚、阿尔巴尼亚、塞尔维亚、匈牙利、罗马尼亚在内的欧洲东部巴尔干半岛地区，包括叙利亚、伊拉克、埃及、马格里布的安纳托利亚地区和包括阿拉伯半岛沿海地区在内的阿拉伯世界领土。1778年杰出的音乐家莫扎特在巴黎创作的《土耳其进行曲》为这个帝国曾经的辉煌和英勇用艺术加冕。现在土耳其的大多数学校都把这首进行曲设定为课间铃声，告诉孩子们——你们是英勇突厥人的后代！一位土耳其近代史教授曾意味深长地对我说："我们祖先的足迹曾经踏遍亚欧非，我们曾是奥斯曼帝国骄傲的子民！当代，我们却在风云变幻的世界形势下苦苦挣扎、步履维艰，寻求振兴民族的道路。"在她的眼神里我看到了遗憾和不甘，这份情怀大概就是当代土耳其人始终无法释怀的"大国情结"吧。

土耳其共和国第一任总统名叫穆斯塔法·凯末尔（1881—1938）——阿塔图尔克（义为"土耳其之父"），他领导土耳其人民进行了四年（1919—1923）艰苦卓绝的土耳其解放战争，推翻帝制，废除1920年8月10日签订的《色佛尔条约》这一不平等条约，1923年7月签订《洛桑条约》宣布土耳其作为主权国家的诞生。土耳其共和国建国之初，面对满目疮痍、断壁残垣的土耳其，凯末尔总统开始组织战后重建并进行了大刀阔斧的制度改革。政治方面，1923年，大国民议会通过了以欧洲法律为蓝本的《土耳其共和国宪法》，宣布废除苏丹制；同年11月创建共和人民党；1924年3月，废除哈里发制度；1926年，废除各宗教法官；1928年修改宪法，删除伊斯兰教作为土耳其共和国国教的内容，规定土耳其公民不分种族和宗教，皆为土耳其人，使用土耳其语；1930年，土耳其妇女获得在当地投票的权利；1934年，土耳其妇女获得大国民议会的选举权和被选举权；至此，一个以凯末尔主义为核心的、政教分离的、共和政体的世俗民族国家基本定型。文化方面，1925年11月，土耳其政府法令规定政府公务员必须着西服正装，非正式宗教职务之人不得穿宗教服饰和佩戴宗教徽记；1926年宣布采用公元历法，取代传统的伊斯兰历法；1928年11月土耳其文字改革，宣布用拉丁字母取代阿拉伯字母，作为土耳其语的书面书写形式；1933年，奥斯曼大学更名为伊斯坦布尔大学；1934年，土耳其政府推行姓氏制度，阿塔图尔克（土耳其之父）为总统穆斯塔法·凯末尔的专有姓氏。经济方面，自1933年开始制定5年计划，强调私有经济与国有经济长期并存，扶持基础薄弱的民族工业和加速土耳其的工业化进程以实现国家资本主义的政治理想。

1938年11月10日凯末尔·阿塔图尔克去世以后，伊斯梅特（1884—1973）接任总统，开启了土耳其共和国的民主化进程。1945年，第二次世界大战即将结束的时候土耳其第一个反对派政党成立，名为民族复兴党，主张实行自由主义和发展私有经济。从1946年开始多党政治的合法化，到1950年的议会选举出现多党竞选和执政党向在野党移交政权的政治变局，可谓土耳其现代政治史的重要分水岭，标志着土

/金角湾加拉塔桥

耳其现代化进程中政治层面的深刻变革和政治民主化的长足进步。1919年由凯末尔首次提出的"真正的自下而上的结构"政治实践由此拉开了历史的帷幕。

20世纪50年代也是土耳其外交政策的转型时期。土耳其政府一改自凯末尔时代以来长期恪守的中立外交原则，奉行亲西方的外交政策，旨在借助西方的保护抵御来自苏联和共产主义阵营的"潜在威胁"。1950年年底，一支4500人（一说5000余人）的土耳其混成旅奔赴朝鲜战场，加入以美国为首的16国"联合国军"，为以后加入北大西洋公约组织（NATO）递上了投名状，并于1952年2月正式成为北约成员国。1955年2月，土耳其与伊拉克缔结《巴格达条约》，建立中东地区的亲美军事同盟；同年英国、巴基斯坦和伊朗也相继加入《巴格达条约》组织。《巴格达条约》组织的建立导致土耳其与持反美立场的大多数阿拉伯国家的关系受到严重损害。20世纪50年代中叶开始，土耳其经济增长速度下降，财政赤字额增长8倍，货币严重贬值，美元对土耳其里拉的兑换比率从1:2.8飙升到1:10，通货膨胀率由3%上升到20%。1960年，国家外债高达15亿美元，约占当年国内生产总值的四分之一。经济形势恶化导致社会不满加剧，政局紧张，并于5月发生军事政变。1961年9月，被军方关押在马尔马拉海上岛屿的政府官员31人被终身监禁，418人被判有期徒刑，前总理阿德南·门德列斯及前外交部长祖尔鲁和前财政部部长波拉克坦被执行绞刑。直至20世纪90年代，土耳其政府才在伊斯坦布尔为三人举行国葬，恢复政治名誉。土耳其一位作家纳齐姆·希克梅特于1962年1月22日在莫斯科写作的《致亚非作家》散文诗中写道（以下为笔者所译）：

我的兄弟们，
别看我有一头金发，我是亚洲人。
别看我有蓝色的眼睛，我是非洲人。
我们那里的树不会给自己遮阴，
就像你那边一样。
我们那里的面包在狮子嘴里，
龙躺就躺在喷泉边上，

我们那里的人不到五十岁就死了，

就像你那边一样。

别看我有一头金发，我是亚洲人。

别看我有蓝色的眼睛，我是非洲人。

我们那里百分之八十的人不会读写，

诗要靠口口相传成为民谣才能被记住，

我们的诗应该也可以成为旗帜，

就像你那边一样。

我的兄弟们，

我们的诗，必须套在瘦牛身上也能耕地；

必须到膝盖都没入稻田的沼泽；

必须能够提出所有问题；

必须能够聚集所有的光芒。

我们的诗，就像是里程碑，

必须伫立在路开始的地方；

必须能够先于其他人看到正在逼近的敌人；

必须能在丛林中击鼓鸣警，

直到天空中没有一朵带有原子的云，

地球上没有一处被剥削的土地，

没有一个被俘虏的人。

我们的诗，应该为自由奉献所有，钱财、资产、智慧、思想乃至生命！

60多年过去了，自2002年正发党执政以来，2005年1月1日如火如荼的土耳其货币改革——新土耳其里拉直接去掉了土耳其里拉6个零的百万单位。货币改革之初，美元和新土耳其里拉的兑换汇率接近1∶1.20，可谓振奋人心。平稳度过2008—2009年的全球金融危机，2013年土耳其国内生产总值达到8230亿美元，成为世界第17大经济体。这一年，土耳其的经济发展速度在经济合作与发展组织（OECD）中位居第二，在二十国集团（G20）中经济发展速度居第四位。美国高盛公司首席经济师吉姆·奥尼尔将土耳其列入了"薄荷糖国家"（MINT）的行列。"薄荷糖国家"代表了下一波迅速发展的新兴力量，还包括墨西哥、印度尼西亚和尼日利亚。他还于2001年创造了"金砖四国"（BRIC）这个术语，指代全球经济中最具发展潜力的四个新兴经济体，即巴西、俄罗斯、印度和中国；2011年由于南非的加入英文名改为BRICS，即"金砖国家"。"金砖国家"除在2024年1月新增沙特阿拉伯、埃及、阿联酋、伊朗和埃塞俄比亚五国为金砖国家之外，又新增包括马来西亚、印度尼西亚、泰国、土耳其等多个伙伴国家。

土耳其1987年开始申请加入欧盟的前身欧共体未果；当欧洲国家深陷金融危机时，土耳其的发展模式不仅实现了经济的平稳增长，而且还表现出对金融危机的应对能力；国际上还曾对土耳其是否能成为"欧洲的中国"引发了争论，到现在土耳其转头成为金砖国家的伙伴国，可谓把"多元外交"和"零问题"外交政策发挥到了极致。

然而，从经济结构层面来说，土耳其由于没有全工业产业链，很多商品需靠进口来填补本国生产空白，导致经常性的贸易赤字，这是一个长期困扰土耳其的问题。土耳其经济发展很大程度是由借贷刺激个人消费和房产投资推动的，而不是靠工业投资和生产带动的，致使土耳其经济可持续发展后劲不足、脆弱性随着时间的推移和全球形势的变化日益显现。

仅从土耳其近 20 年的贸易赤字数据分析，就不难看出土耳其经济发展的不稳定性。土耳其的大宗能源商品多依靠进口，据土耳其共和国能源和自然资源部数据统计，2022 年土耳其国产原油 358 万吨，进口原油 3349 万吨，根据这些数据可以得出土耳其原油 90% 依靠进口。2022 年土耳其国产天然气 4.08 亿立方米，但进口天然气 546 亿立方米，根据这些数据可以得出土耳其 99% 的天然气依赖进口。再加上土耳其外汇机制高度市场化、近 20 年国有产业私有化过度，致使国有资产大量流失、转为私有产业，国家经济失去了国有基础产业的支撑、外汇账户持续高赤字、大宗能源商品依赖进口等重要问题，使得土耳其国家对本国经济走势失去了最基本的宏观调控能力和抗风险能力。

2020 年全球范围内新冠病毒疫情暴发，受疫情影响，全球物流受阻、货运价格飙升、全球工业产品供应紧张、土耳其央行外汇储备严重不足等原因导致土耳其经济出现了高通货膨胀率，货币严重贬值。美元和土耳其新里拉兑换汇率从 2020 年的 1:5.85 上升到 1:34.33，导致土耳其全民购买力极速下降，人民的生活质量快速下滑的社会现象。

迫于经济等多方面的压力，根据土耳其国家统计局数字显示："土耳其家庭平均人口从 2008 年的每家 4 口人，到 2023 年已快速降至每家 3.14 口。"

在世界局势风云变幻的当口，俄乌战争自 2022 年至今胶着不止，中东局势日趋复杂的当下，土耳其共和国的国运及未来还需要土耳其人民团结一心、上下求索、探索出一条适合本国国情的振兴之路。土耳其，成为金砖国家的伙伴国，已然是一个不错的开始！土耳其，作为"一带一路"的一个地缘政治重要节点国，我坚信只要选对了合作伙伴、坚定振兴国家经济的信念、坚持脚踏实地的做事原则，众志成城、未来可期！

1921 年，土耳其民族诗人——穆罕默德·阿基夫·埃尔索伊依创作了土耳其国歌《独立进行曲——致我们英雄的军队》，前两节（以下为笔者所译）足以呈现这个英勇战斗民族的决心！

别怕！
黎明中飘扬的红旗不会褪色，
在最后一盆炉火熄灭前。
它是我民族的明星，必将闪耀；

它属于我,它更只属于我的人民。

别气!
我愿为那羞涩的新月献身!
对我英勇民族一笑;
哪儿来的这暴力,这愤怒?
我们的鲜血不是为你洒的,那是圣洁的,
定要人民至上,民族独立。

我生来自由,也必将自由。……

生活

在别处

十分钟和一百年

李梓铭[*]

献给一位不知名的老板。

还记得那是2023年的秋天,当我被派往匈牙利布达佩斯交流的时候正是这座城市景色丰润的好时节。当然对当时初来乍到、手足无措的我来说,逛市场这样闲情雅致的生活是不现实的。然而就是在这样一个充满不确定的时候,我走进了布达佩斯中央大市场。

这也是我撞进一百年的第一次。

晴天,白云。湛蓝的天色顺着自由桥优雅的弧度向下滑行,像个欢笑的孩子一下子跳进了映衬着桥绿花红的多瑙河水里。黄色的47路电车载着我和人潮缓缓地走过那绿色的桥面到达了大市场站。

享有盛名的布达佩斯中央大市场,自1897年就矗立在这里。仿拜占庭风格的大楼把华丽的马赛克装饰拥在怀里又用典雅的大理石狮子点缀了她的冠冕。一百年的繁华和热闹,一百年的馨香和热辣,偏偏就这

---

[*] 李梓铭,北京外国语大学欧语学院匈牙利语本科生。

个样子混着葡萄酒一股脑地浇灌在这样一个别致的建筑上面。高贵中总是透着一股亲切的接地气的味道。这样一种调和的、新奇的感觉对一个刚刚来访的人来说,诱惑力刚刚好。尤其是对于我,一名前来学习匈牙利语的学生来说。如果要想好好地贴近匈牙利人那千年的文化和历史,活生生的市场就是个绝佳的切入点。

和市场的初见是美好的。我走过马路,映入眼帘的就是三五成群的来购物的本地人,四处张望的外来人还有铁门外那些聒噪的鸽子们。进入市场的铁门就能看到一排排的店铺和大市场的铁骨架子,紧接着就是

/ 布达佩斯中央大市场(视觉中国)

扑了满怀的鲜红辣椒，专门的奶酪店和肉肠店铺。空气中，树莓和醋栗的香气委婉迤逦，绕着火辣的味道，慢慢地，一步一步地裹挟了还有些怕生的我。

当时，我并没预见到这样的地方竟会成为未来的一年内自己频繁造访的地方，也不会想到这个市场将承载我多少的回忆。

而我和市场稔熟的时间，也就是十分钟。

从这次初见大市场，又过去了三四周。这三四周，我忙于认识老师同学和熟悉生活方式，只能一次次在紧绷的时间表里塞进去少得可怜的吃饭时间。

"饿了？下午考试，吃个汉堡王吧。"

"饿了？准备复习，吃个汉堡王吧。"

"饿了？没啥想吃的，吃个汉堡王吧……"

在对胃折磨了三四周之后，我萌生出了自己做饭的想法，于是跑到大市场采购。

这样的采购，一次不会超过十分钟。

"匈牙利小吃！特色食物！"

"来一杯新鲜果汁吧！"

"树莓！新鲜的树莓！"

十分钟的诀窍，就是避开这些热情的招呼。

进门，快步走过专门售卖给外地游客的纪念品，经过穿着花裙子招揽客人的服务员，特意绕开门口那些又贵又坏的摊位，直直向我经常去的一家蔬菜店走去。

蔬菜店老板四五十岁的样子，人很壮实，长得很精神，剃一头很短的头发。每次看到他，就感觉他浑身好像有无穷的精力，不断地在店里左左右右地搬运着货物，干着店主需要干的一切。我想，即使是生活的压力到了他身上，也会被他无穷的精力"弹开"。对我来说，在大市场里，见面每次都能打上招呼聊上几句的，就只是蔬菜店老板而已。

除去店主本人，这家蔬菜店吸引人的地方还有优惠的价格。虽说小摊位的蔬菜质量很少能比得过大超市，但是面对比大超市少一大截的价格，我想大多数人都会感到满意。在匈牙利生活的关键，就在于不要把匈牙利完全看作不知人间烟火从刻板书本里蹦出来的应许之地，而要充分地认识到这一点——人们既然生活在同一片苍穹下，有着相似的道德观念，那么就没有人是不沾人间烟火的轻飘飘的神仙。

正如《威尼斯商人》中所讲的那样：

"他不是吃着同样的食物，他不是被同样的武器可以伤害、被同样的药品可以治疗，冬天同样要冷、夏天同样要热，跟一般的基督徒一样的吗？"

"要是在别的地方我们都跟你们一样，那么在这一点上也是彼此相同的。"

于是我也一样，抱着能节约一点是一点的想法总是径直选择了这家蔬菜摊。往常购物的结果，不外乎是买到一些新鲜的西葫芦，添置了两棵生菜或者大白菜，偶尔还带回大蒜或者洋葱用来调味。一次购物预计也就是人民币 20 块钱的样子。

这也是一般我把在大市场的十分钟用掉的场景。

然而今天店里的情况有些不对劲：平时一般都会有的排着队的老人们不见了。购物的人只是看两眼、和老板说了两句话就慢慢地离开。再看老板，他比平时还要忙碌，一刻不停地把放在外面的箱子搬进店里，又在蔬菜上盖上一层保护的布料，看起来就好像要把摊子收起来！

我顿时紧张起来。来到匈牙利，最让我感到意外的就是当地人对于休息时间的"执着"。且不说周六日一般都会休息或者提前收摊的小店铺和大市场，就是平时的工作日，他们也是早早地下午四五点钟就准备关掉店铺回家休息了。这或许和当地中学四点半的放学时间有关，但是也和一些习俗脱不开关系。作为一个中国人，我是习惯了即使深夜也能找到正在营业的餐厅或者店铺的，国内的餐馆就是再不济至少也会营业到九十点钟。而在匈牙利，能彻夜营业的只有酒吧。

话说回来，即使是这个样子的匈牙利，在这正午时分就关门的菜店也是不存在的。正在疑惑间，店主开始拉卷帘门了，我急切地赶上去。

"我中午关一下门，下午喝完酒就回来了。"老板是这样回复我的，语气里还带着对即将享用的那一顿酒的希冀。

"马上，马上，等一等！"老板回头又笑着跟旁边等候他的朋友们说。

随之而来的就是一阵笑声和七嘴八舌的玩笑。原来，四周早就围上来了老板的一大堆朋友，有隔壁的中年店主，壮实的搬运工人，地下一层杀鱼的老板……大家看来都是等着老板把店门关好然后一起去吃饭。

我向来是一个羞涩的人，或者说矫情的人，在这样的场景下很难继续再向老板要求什么。

老板抱歉地笑笑，回头拉上最后一扇卷帘门。周围的人欢呼一声，就互相拍了拍肩膀预备拉着老板出门去喝酒。

老板则是回头把钥匙交给了对面卖水果的中年妇人，交代了几句就离开了。

我站在原地，一开始觉得麻烦：毕竟是熟悉的店，他走了我下午也不能再回来买；到旁人的店呢，又得再货比三家，耽误时间，总之这次购物是仅用十分钟无法轻易了事了。

无奈之下，只能找其他店铺。我终于找到一个卖青菜的店铺，不过，从柜台后面钻出来的店主却示意我稍等，因为他得把手里的干巴面包吃完。好在店主很快完成了他的午餐。看着这位和前一家店的老板年龄相仿的店主称重、装袋子，我又觉得庆幸了。毕竟在这个有百年历史的大市场里，有多少珍贵的十分钟是不能浪费的。上新，摆放，装袋，收银……很少有人能像蔬菜店老板那样放弃生意，呼朋引伴地去喝一杯。但转而一想，对一个人来说，一百年的漫长历史，其实与自己关系不大，而自己能享受的十分钟却更为珍贵。这未尝不是一种豁达和乐观。

人生百态，每个人都有自己的选择。在大市场，既有看中美酒和朋友的摊主，也有为卖出一把青菜迅速完成简单午餐的商贩。通过与大市场的接触，匈牙利人和匈牙利文化，在我心里似乎一下子就鲜活起来

/ 布达佩斯街景

了，让我回忆起了儿时故乡热闹的早市。大家一起生活，一起买卖东西。在市场里是有买有卖的商人和顾客，而在市场之外也可以是互相打趣的酒友和互吐苦水的兄弟。我在匈牙利看到的卖菜的老板，和故乡在自己门口开超市的大叔，素未谋面，他们语言不通、文化不同，然而终究是共享着鲜活的人生。我这异国人生的注脚奇幻地踩在了儿时的影子上，不能不让人感到奇妙和温馨。

从大市场的人，我想到了自己：现在我是大市场里买东西的顾客，回到学校就是一个中国来的交换留学生。谁又能知道多年之后，我会以什么样的身份，站在哪一块土地上呢？在我的不惑之年，我真心希望也能像蔬菜老板那样有一块自己的归属地，有一群真心相交的朋友，有一个能托付钥匙的邻居，而最重要的，是有一个能真真正正由自己拥有的十分钟。

圣·塞西莉亚旧货集市之行

于博[*]

来法国已经有段时间了，时差问题一直困扰着我。本想趁着周末赖个床，睡个懒觉，谁料到一大早，走廊里便传来了一阵嘈杂的脚步声，紧接着就是伴着急促门铃的高声叫喊。我立刻爬了起来，刚开启一道门缝，就听见我们的法语教授王明利先生在门口的声音："今天，就是现在，沙托鲁地区一年一度的旧货集市开张了。在圣·塞西莉亚，离我们非常近。快穿衣服！"未等我作声，走廊里就已有人兴奋地附和。

圣·塞西莉亚在欧洲是一个比较常见的地名，我们今天要造访的是位于法国沙托鲁西北60公里左右的同名小镇。由于路上限速，这条不远的乡村公路，我们开了将近一个小时。旖旎秋色下的"圣·塞西莉亚"牌苹果树早已结满果实，昂首矗立在小镇旁迎接着我们。

集市上，没有想象中的人头攒动，更是缺少高低起伏的讨价还价声。这里与其说是市场，不如说是一场被盼望已久的聚会。停车场没有

---

[*] 于博，高校教师。

/ 路上所见商店

什么标识,也没有画出规整的停车位,只是见到有车停放,我们便知道这里是允许停车的。

停车场旁就是一个绿草如茵的小广场,小广场上人来人往很是热闹:有经营露天自助餐大排档的"米其林"大厨,有自编自唱同时兜售唱片的乡村音乐家,有自产自销的土生土长的当地农民,有用最原始的坑洞"古法"烘烤面包的年轻夫妻。不过,最有意思的当属经营博弈游戏的中年妇女,她和她的生意的出现,给我们的这次造访留下了诸多悬念。

本以为这就是旧货市场的全部,失望之情溢于言表,忽然发现,小广场的尽头出现了个由圆形绿植相拥而成的拱门。出了这个拱门，干净的小镇街道映现出一排排布满了各种玩意的摊位，回形街道弯折绵长 500 米开外，刚才的小广场尽头并非集市的"结束"，而是集市的"开始"。

街道两边的摊主基本分为两种：一种是把家里旧物搬出来售卖的"路人甲"，一种是靠卖旧物营生的"职业经理人"。

前者显然不把"生意"作为生意。一位满头银丝的摊主，看到我们路过她的摊位，高声地吆喝让我们停下来免费品尝一下她昨晚用自家蜂蜜做的面包。说实话，面包做得还真是很用心，虽然是用蜂蜜和的面，但由于加了一点儿盐让面包别有一番滋味。短暂的驻足，让王教授对"路人甲大妈"的一个小花瓶产生了浓厚的兴趣。原本要价 3 欧元，经过双方"友好坦诚"的"协商"，被王教授以 1 欧元的价钱轻松购得。看得出来，摊主对收入 1 欧元不太感兴趣，真正让她开心的是我们对她制作面包水平的盛赞。临别时，她甚至要把剩下的大半个面包送给我。

后者则以此为生，他们更在意商品的价钱。买家一旦相中了他们的商品，在价钱上是很难靠着三寸不烂之舌使其让步的。有一位同样上了年纪的摊主，开着一辆仓储车来卖旧货，主要是卖书，书的品种很多。王教授的妻子盖老师也是一位法语教授，她相中了一本关于法语童谣的书。5 欧元的要价。盖老师决定采取国内买家的策略，装作不经意路过顺便询价，等待摊主主动喊她降价。显然，我们低估了这位老板，老板压根没搭理我们。当我们逛了一圈折返回来时，在讨价还价的问题上已

/ 一条街道

经失去了主动权，老板甚至认为我们给的 3 欧元还价太离谱了。幸运的是，当我们决定放弃的时候，峰回路转，老板决定以 3.5 欧元的价钱卖给我们。

　　集市遍布各式旧货，但我们真正中意的并不多，也许是中法文化差异使然吧！回到小广场，我们准备离开时，经营博弈游戏的中年妇女热络地和我寒暄，我也再次对她的"买卖"产生了浓厚的兴趣，她手里拿着一个零钱包，里面大概有几十欧元，零钱包下面有一个本子，上面密密麻麻记录着各种数字。

她的全部生意就是放在地上的一个蓝色袋子，游戏规则是每个参与游戏的顾客可以提一下袋子，然后估计一下袋子的重量，如果对自己的估计比较自信，给她 2 欧元，视为参与竞买，在集市关闭前，她会宣布袋子的实际重量，与实际重量最接近的那位顾客可以带走这个袋子，如果那位顾客已经离开集市，她可以把袋子送到顾客留给她的地址或者打电话让人家过来取。

她的生财之道在于多多益善的 2 欧元，权且叫作"估重参与费"吧，参与人数的多寡，直接影响她盈利还是亏损，所以，她要极力怂恿更多的人参与进来。由于我们急于赶路，所以只能匆匆而别。但诸多悬念给这次旧货集市之旅留下了一串省略号和问号。第一，她的袋子到底有多重？虽然我们并未参与她的游戏，但我和王教授试着拎了一下，我们两人的估重相差甚远。第二，她的袋子里到底装着什么东西？这个谜底只有最后的获得者才有资格公之于众。第三，到底有多少人参与她的游戏？她赚钱了吗？

我把这些悬念告诉了王教授，王教授微笑着说："你呀，想多了，你没有仔细观察那位中年妇女。虽然她穿着朴实，但她的鞋子还是暴露了她的生活状况，她的那双鞋子至少值几百欧元。显然，她不是来集市赚钱的。至于她的目的是什么，这才是最有意思的。"

此时，新的悬念使我陷入了沉思，我的价值观与中年妇女的价值观显然不在一个层面上。她似乎更像写作《逍遥游》的庄子，她留给我们的悬念或许是如何超越现实实现精神自由，又或许是与民同乐的平等观念。

回来的路上，我们依依不舍地作别了那棵结满果实的苹果树，红艳艳的苹果似乎在告诉我们，这就是法国的乡村生活，恬静与智慧并存。你不要刻意去追求什么，放慢你的脚步在蓝天下尽情呼吸就可以了。

（本文原发表于《中国社会科学报》2019年2月22日。）

在阿尔及利亚当菜农

谢光军[*]

因为特殊原因,我在阿尔及利亚首都阿尔及尔不得不当了一回菜农。我对种菜既不熟悉也不陌生,但这次的经历让我明白一个道理:纸上得来终觉浅,绝知此事要躬行。

2019年9月,我受领导所托,从中国国内带了三棵小莲藕(苗)到阿尔及利亚,准备养在我们项目营地的一个鱼池之中,美化一下环境。这应当是我在阿尔及利亚当菜农经历的开端,也是结局的缩影。当时国内已经不是莲藕生长的季节,我还是在网上买到了三棵瘦弱不堪的莲藕苗。在出发前,我在家里用保鲜膜小心翼翼地将莲藕苗包好放进行李托运箱中。到了阿尔及尔机场,心怀忐忑地出海关,生怕出意外。到了住处,才发现自己的行李托运箱早就被划出口子、盘查过了。因为一时半会没有机会送往600多公里外的鱼池,看着莲藕苗渐渐有些发黑的迹象,我决定就地先种起来。

---

[*] 谢光军,中信建设有限责任公司员工。

/阿尔及尔的一角

我工作地点的院子里有一个用旧冰箱做的小水池，里面全是肥沃的黑泥。我一看这适合种藕，于是将三棵莲藕苗全部栽下去了。过了几天，还真长出一两片叶子，但再也不长了。第二年三四月份间，我发现这个池子里居然钻出了一根荷箭，过几天又长了另一根，再过几天，这两根荷箭都变成了巴掌大小的荷叶。我以为这应当只是个开始，谁知这已经是结局了，无论我怎么期盼，这里再也没有长出任何的荷箭和荷叶了。

我在阿尔及利亚当菜农的经历就是这样：才刚刚开始，又很快结束。

2020年3月初，阿尔及利亚的新冠疫情暴发。为了防止我们工作生活区的疫情发生，在准备好充足的肉食、水和米面粮油后，公司将所有的阿尔及利亚工人都遣散回家。我们八名中国同事则决定将院门完全关闭，断绝与外界接触。现实逼得我们只好自己动手丰衣足食了。

我们居住和工作的地点是在阿尔及尔市中心的一个富人别墅区里，居住的地方有一个大院子，工作的地方有一个小院子，两个地方互为隔壁，以院子相通。大院子里有一百多平方米的菜地，小院子里有二三十平方米的菜地。以前这两块菜地都是交给当地的阿尔及利亚工人打理，平常我们也不怎么关注这两片菜地。

这两块菜地其实都是房主的车库顶，被房主堆上土，栽上树，成了事实性的花园。我们租后将这里改为了菜地。菜地里有两棵金橘树，几棵枇杷树，一棵半躺着的无花果树，一棵屋檐下的石榴树，一棵高大的柠檬树，两棵高大的木梨树，还有一棵才开始挂果的牛油果树，一棵总是长不大的番石榴树。

我分到的菜地在东墙边上，估计十平方米，那里刚刚收完一茬油菜苔。那段时间工作相对轻闲，也无法出门遛弯，大家下午上完两个小时的班后就去整弄自己的菜地。我种的是红苋菜。我菜地前边的同事种的玉米，后边的同事种的是茼蒿和茴香。我菜地旁边是块公共菜地，以前就种的有三畦韭菜，再旁边就是同事种的白萝卜。其余菜地里树太多，光照不好，于是我们就栽上了西红柿和红薯苗，整个菜地的边角我们栽上黄瓜和苦瓜苗。

/ 我们的菜园

我们种菜用的底肥是羊粪。阿尔及利亚工人在院子留有一个塑料大桶，我们就用近十蛇皮袋的干羊粪倒入桶中灌满水让它发酵。我提前用阿尔及利亚工人留下的农具将我的那块菜地挖开，晒了三天。在种菜的那天，我用羊粪水将菜地浇得透湿，再将菜地平整好，然后撒上一些苋菜籽，表面再象征性地覆盖一层细土。那时菜地里经常有一种又像蚂蟥又像蜗牛的动物，特别喜欢在夜晚爬出来偷吃菜叶，我们晚上就打着手电筒捉这些"破坏分子",然后将它们泡在塑料瓶里任其自生自灭。后来我们生活区负责对外联系的司机同事,从别处搞来二十只蟾蜍放在菜地帮助捉虫,但几天不见,蟾蜍跑得只剩下两三只了。阿尔及利亚的蟾蜍跟我湖北老家的不一样,色彩很鲜艳,有红色条纹,稍不小心还以为是盘着一条赤链蛇,完全可能把人吓得跳起来。

我的苋菜三天后出芽了,长得很不均匀,有的地方几乎看不到任何出苗迹象。但我还是很兴奋,特意又浇了一遍羊粪水,盼望它们快快长大。那时我每天早上起床的第一件事就是站在宿舍楼上看看我的苋菜地又绿了多少。没有想到苋菜居然可以长得飞快,几天就长到一两寸高。按说应当间苗了,但我觉得这块菜地里还有太多稀松地方足够生长。谁知仅仅过了一夜,情况完全逆转,密的地方不间苗已经不行了,我按照株与株之间一寸的距离间苗。这时才发现间苗也是一件痛苦的事,每一株菜苗都好像是自己的孩子,舍不得下手扔弃。扶扶这株,又摸摸那株,手心手背都是肉,心里全是纠结。最后只好眼睛一闭,牙一咬,摸到哪株是哪株吧。间的是苋菜苗,疼的是我的心。不到两平方米的地方,我足足间苗了一个多小时,完全没有当初种菜的快乐。

又过了两天,发现前天间苗的地方,苋菜已经长得簇拥了起来,我不得不痛下杀手。这次更加痛苦,苋菜居然长到一拃来高了,但只见长高,不见长壮。我知道事情不妙,按老家的话:这些苋菜已经老苗了,不可能长得粗壮了。如果知道是这种结果,还不如前天狠狠地间苗,给少量的苋菜苗留足的生长空间。这时才发现以前光秃秃的地方,只长出一两株苋菜，都是那么粗壮，一株足以顶上我间苗位置的四五株。更讽刺的是，原来撒种时漏在沟边、沟外的几株苋菜苗越来越有气势。

这些瘦弱的苋菜只往高里长，却不怎么长叶，几天下来叶梗已经老得无法下口。那原来稀疏的地方、沟边和沟外的"漏网之鱼"不停地长，越来越粗大，掐了长，长了掐，让我们吃了四五茬肥美的苋菜叶。我是欲哭无泪，原来种菜好比教育子女，梦想是葫芦能结一天大，结果却是葫芦不开花。"我本将心向明月，奈何明月照沟渠。"任何事情都是强求不得，将就不成的。

我种苋菜还是相对成功的，有一些成果的。同事种的白萝卜，前两天感觉叶子还没有长开，两天后就开出花来了，根本没有长出一个萝卜。茼蒿也是，前面觉得还得且长几天的，过两天就开始开花结籽了。后来我们这帮"菜农"得出结论：种菜不能只有热情，冬天的蔬菜是不适合在夏天播种的。

我决定翻掉这片让我伤心、窝火的苋菜，改插红薯。老家有"小暑大暑，乱插红薯"的说法，我一看季节还来得及，赶紧插上红薯苗。我们并没有特意蓄过红薯苗，院子里有一棵现成的红薯苗种，它一直在一个大一些的花盆里，这几年来，它一直在那里生了死、死了生的，从来没有人看过它是否长出过红薯。

我这块菜地是靠着墙的，东边是邻居家的高楼，南边是我们住的房子，比菜园高出足足四层楼。种苋菜时还没有感觉到阳光的重要性，等到红薯藤长到一米左右时，发现阳光成了大问题。我的红薯苗每天最多只有两个小时的光照时间，当地的气温也开始下降了，我的红薯们开始拒绝生长了。我于是偷偷扒开土看了一眼，连手指头粗的红薯根都没有。"东风不与周郎便，铜雀春深锁二乔。"我亲身经历的菜农生涯彻底以失败而告终。

这时我发现，以前树间有株野生的葫芦藤却越长越旺盛，爬得我们院中几棵树上、墙上到处都是。几天不见，发现树丛中就垂下一个大葫芦。这些葫芦好像跟我们捉迷藏一样，总是出现在我们认为不可能长葫芦的地方。等我们发现时，往往只有一两天的采摘时间，否则就老得不能食用了。种在边角的几株苦瓜，后来完全成了菜园的主角，从 8 月份开始结，到 10 月底还没有颓势，后来越结越大、越结越多，大的如同我的胳膊，有时两天就可以摘下二十多条，有小半筐。我们只有八个人，这么多的苦瓜根本吃不过来，只好送给同城的其他中资企业员工。

现在回想起自己在阿尔及利亚的种菜过程，觉得生活就像种菜，那些不起眼的、懂得自我坚持的往往成为生活的主角，精心培养的却扛不住世俗的眼光，匆匆败下阵来。明知道种下去的是希望，收获的可能是苦恼，但菜还得种下去，还得生活下去。谁知道生活到最后是不是那株意外发现的葫芦，是不是那几株大器晚成的苦瓜呢？

椰影婆娑间挖宝藏

潘玥[*]

从 2010 年考入北京大学外国语学院印尼语专业至今，与印尼结缘已接近 15 年。于我，印尼就像一座没有完全开发的巨大宝库。每次写论文，从构思开始，我就像是一名矿工，不知道能不能挖出宝石，也不知道前方有没有宝藏，只能顺着前人的脚印，拿着锤子一点点地凿，一点点往里挖。我很享受这个"挖掘"或"寻宝"的过程，哪怕最后没能挖出宝石。研究印尼的日本学者久德加藤在《想念印尼：一个日本人眼中的印尼》一书中写道："从 1991 年起至 2009 年我回到日本，我与印尼的联系已近 20 年。作为一名印尼研究学者，我知道的可能还不多。事实上，我又能多大程度理解印尼呢？就这个问题，我并不能自信到给出肯定的答案。对我来说，印尼是个无止境的话题。我遇到了一个又一个的未知，又不得其解，所以只能再去做田野调查。"我深以为然，知识不仅仅在书本，更在于印尼的山水人事之间。

---

[*] 潘玥，暨南大学国际关系学院、华侨华人研究院副研究员。

人们总说，印尼的自然资源丰富多样，但在我看来，印尼真正的资源与财富在于它的文化和人。我接触的大部分印尼人，善良且淳朴，即使是印尼东爪哇省现任省长、印尼社会事务部前部长科菲法·茵达尔·帕拉万萨这样的高官。2014年，她是印尼伊斯兰教师联合会妇女组织理事会主席，也是当时的印尼妇女赋权部部长。而我只是一名普普通通的大四学生。初生牛犊不怕虎，我通过邮件和电话联系印尼伊斯兰教师联合会妇女组织的秘书处，希望能够约部长做个访谈。没想到秘书处很快给我回复，并与我敲定了时间。

好事多磨，我的航班居然临时取消了，只能非常抱歉地发邮件与她们紧急更改了时间，她们还安慰我："没关系，后天也可以。"雅加达素有"堵城"的威名，加上人生地不熟，哪怕提早出发了两个小时，等我千辛万苦抵达印尼伊斯兰教师联合会妇女组织的办公室时，已经迟到了半小时，但是工作人员还是笑意盈盈地带着我参观办事处，介绍组织的基本情况。然后，她们领着我到办公室旁的一幢白色别墅，让我坐等一下，并解释部长的先生几日前去世了，部长在房间里祷告。我心里一惊：天啊，这等大事，部长居然还抽时间接受我的访谈。过了一会儿，部长带着泪痕落座，我根据访谈提纲一一向她提问，她也详细作答。结束访谈时，她还跟我介绍了她正在对外经济贸易大学读书的次子。我从来没有想过，一位地位如此之高的宗教领袖和政府要员，对待外国年轻人的态度居然会如此亲切与友善。这件事对我的触动很大，至今印象深刻。印尼人虽然慢吞吞，可能在我们中国人看来效率不高，但是他们对很多人事有着极大的耐心和同理心，发自内心地理解和宽恕，这其实就是一种非常宝贵的品质。

犹记得 2011 年刚学了一年的印尼语，大一的我就带着小伙伴勇闯印尼和马来西亚。热带的阳光洒落在雅加达繁忙的街道上，空气中弥漫着椰子和香料的气息。作为印尼的首都，雅加达似乎正在经历着一场激烈的现代化变革，但传统文化的痕迹依然处处可见。我站在酒店的阳台上，望着远处摩天大楼与矮小棚屋并存的景象，心中不禁感慨这座城市的复杂与矛盾。富人们在雅加达的高档商场里挥金如土，而在城市的另一端，贫民窟里的居民们仍在为基本生存而挣扎。几乎在所有的重要的十字路口，都有人自发地指挥交通，车主也会主动地给这些没有编制的"交通员"一点小费。当时雅加达的很多公交车甚至没有车门，停靠站

/ 岔路口指挥交通的"协管员"

的时候甚至没有完全停稳，大家跑两步上下车成为常态，这让本打算乘坐雅加达公共交通的我们打了退堂鼓。这种贫富悬殊的现象让我深感复杂。然而，让我惊讶的是，无论是富人还是穷人，他们脸上都洋溢着笑容，展现出乐观积极的生活态度。这种乐观精神似乎是印尼人的共同特质，也是这个国家面对挑战时的重要资源。

几天后，我来到了日惹——印尼的文化之都。与雅加达的喧嚣不同，日惹给人一种宁静祥和的感觉。漫步在日惹的街头，我仿佛穿越了时空，感受到了印尼文化的深厚底蕴。古老的苏丹王宫、婆罗浮屠佛塔和普兰班南遗址无不诉说着这座城市悠久的历史。但日惹的交通很不方便，即使是包车，从市区到主要景点都要开好几个小时，真的是"屁股都坐扁了"。在车上，司机兼导游用印尼语介绍日惹的景点，我再翻译给小伙伴听。因为涉及很多典故和传说故事，学艺不精的我十句只能翻译五句，还得偷工减料再加点自由发挥，小伙伴对此多次抗议！

之所以专门到日惹，还有一个"主线任务"：到日惹著名的卡查玛达大学校门口的格拉米迪亚书店买一个汉语－印尼语电子词典。我立志要成为我们班第一个去印尼、第一个拥有电子词典的"三好学生"，实际上是因为每天扛着像青石板一样厚一样重的纸质版词典，让我本就单薄的身躯更加雪上加霜。当时，我用着不太熟练的印尼语向店员表达了我的购买意愿，店员表示没有现货，但愿意帮我调货，担心我们人生地不熟，承诺到货后派专人送到我们酒店。我当时被这一系列周到的服务和贴心的考虑给震撼到了。我的小伙伴还问我："他们连定金都没有收，会不会放我们鸽子？会不会到时候来酒店诈骗我们？"事实证明，确实是我们以小人之心度君子之腹了，我们担心的事情根本没有发生，店员还甚至提前准备好了找零的零钱，放在信封里给我们。而这个小小的电子词典也成了我探索印尼文化的钥匙，也让我更加深刻地体会到语言在文化交流中的重要性。

最让我难忘的是2015年我作为唯一的中国青年代表，参加了印尼第二届国际海洋青年项目，亲历西苏拉威西的海洋文化与社会风尚。我们来到了苏拉威西岛一个遥远且偏僻的小渔村，与当地的曼达尔族人同吃同住同出海。曼达尔族说曼达尔语，跟印尼语不一样，因此日常交流还得靠印尼的老师同学用印尼语给我翻译。曼达尔族是印尼著名的航海部族，他们世代以海为生，对海洋有着深厚的感情。当地渔民捕获的主要海产品是海参、金枪鱼、鲣鱼和马鲛等。那几天我每天都会听到："这些海参大多出口到两个国家，一个是日本，一个是台湾。"我每天都得解释一次，台湾只是中国的一个省。这样解释了几次后，当地渔民们也开始认识到台湾是中国的一个省，互相理解和尊重在潜移默化中建立。

清晨，我跟随渔民出海捕鱼，主家怕我们几个女孩子晒伤，特意用纱巾把我们包得严严实实。当地人熟练地操作着传统的帆船，在蔚蓝的海面上穿梭。海风拂面，阳光照耀下的海面波光粼粼，美不胜收。渔民们告诉我，他们的祖先曾经是这片海域上的"海上霸主"，航海技术远

/ 笔者与小伙伴乘 Sandeq 出海打鱼

近闻名。虽然现在生活方式有了很大变化，但他们依然保持着对海洋的敬畏和热爱。

晚上，我们围坐在祈祷室旁，听西苏拉威西大学的教授们介绍传统帆船——Sandeq。这是一种两侧带有支架的帆船，船身细长而窄，船头尖，号称是世界上无引擎航行速度最快的帆船。在引擎出现之前，这种帆船是当地人的运输和捕鱼工具。每年西苏拉威西都会举行传统帆船比赛。那次，我们有幸目睹了比赛，项目中的十位小伙伴被选中登上十艘赛船出海，然后全被晒成黑炭回来。

在与当地人的交流中，我惊讶地发现他们对"海洋强国"这个概念有着深刻的理解。一位年轻的渔民告诉我："对我们来说，海洋强国不仅仅是拥有强大的海军，更重要的是要懂得如何可持续地利用海洋资源，保护海洋生态。"这种朴素而深刻的见解，让我对印尼政府提出的"全球海洋支点"愿景有了新的认识。离开渔村时，我已经能熟练地用曼达尔语而非印尼语说"谢谢"了。这短短十天的经历，不仅让我体验到了印尼传统文化的魅力，也让我看到了这个国家在现代化进程中所面临的挑战和机遇。

谈到传统与现代的碰撞就更少不了巴厘岛。这个闻名世界的旅游胜地，是印尼多元文化的一个缩影。在这里，我看到了印度教文化与本土文化的完美融合。巴厘岛的舞蹈、音乐、建筑无不体现着这种独特的文化特色。在乌布的一个传统市场里，我遇到了一位来自中国的画家。她已经在巴厘岛生活了十多年，被这里的文化深深吸引。她告诉我："巴厘岛的美不仅在于它的自然风光，更在于这里人们对生活的态度。他们懂得在忙碌中保持内心的平静，在现代化中保留传统。这是我们可以学习的。"听了她的话，我不禁陷入沉思。印尼这个由 17,000 多个岛屿组成的国家，拥有 300 多个部族和 700 多种语言。这种多样性本可能成为分裂的根源，但印尼人民却以"求同存异"的国家格言，将这种多样性转化为团结的力量。日后，作为印尼语翻译，我直接参与许多重大项目的谈判工作。当出现分歧的时候，印尼人也往往乐于采用倾听、理解和协商的方式，取得共识。在全球化的今天，印尼的这种包容性或许正是我们需要的。

椰影婆娑，海天一色。印尼这片神奇的土地给了我太多思考。在这个充满活力与挑战的国度，我看到了多元文化共存的魅力，也感受到了发展中国家奋斗的艰辛。这些经历不仅丰富了我的人生阅历，也让我对世界有了更开阔的视野。我相信，随着中印尼两国关系的不断深化，未来会有更多中国人来到这片土地，亲身感受这个国家的独特魅力。而我，已经开始期待下一次的印尼之旅了。

初入英国咨询行业一年间

孟春英[*]

今天是 2023 年的中秋节，也是哥哥学校的长周末。我一大早就赶着把重要紧急的工作先处理完，再出发去接哥哥回家。等我们俩原路返回，到家已经晚上七点半了。坐在伦敦回牛津的大巴上，车子走走停停，哥哥坐在我旁边睡得东倒西歪。我一边心疼哥哥得跟着我受苦，一边回想着过去三十多年来自己一个人在外求学、工作的诸多往事和没完没了的奔波。

上次去公司培训跟同事说起自己怎么一路周转才按时赶到公司，他们都觉得我太辛苦，培训结束时竟已给我安排好出租车，把我一路送回家。我自来怕麻烦别人，被公司的好意感动之余也觉得诚惶诚恐，同事回复说："亲爱的，像你这么好的人，值得被好好地照顾！以后你来办公室咱们豪华轿车安排着！"良言一句三冬暖。同事这句话让我想起过去几年里工作中认识的人、经历的事，忽然觉得做一个"好人"也很好，以不变应万变行走江湖。

---

[*] 孟春英，诺和诺德制药公司法规事务首席顾问。

转捩点

疫情前后我们过了几年苦日子，科研岗内卷得厉害，投出去好多简历却都没有回音。牛津虽是弹丸之地，却是卧虎藏龙。一个不起眼的工作岗位都有好多博士和博士后竞争。我了解的牛津大学的职位竞争就更激烈了，常常是已经内定，或者带经费进组。尤其我是性格偏内向有些社恐的中年人，找工作的煎熬让我心灰意冷，几度怀疑前半生的所有选择，好像是走在一条钢索上，好不容易走到尽头却发现去错了地方。

正在绝望的边缘时，在美国的同学建议我转行，试试医疗器械注册和准入这条职业发展之路。于是买了厚厚的专业书籍，一点一点地啃，竟然也读完了。命运的齿轮从此开始转动，我的人生进入了一段全新的旅程。

我先是加入了牛津一家医疗器械软件公司，负责医疗器械软件产品的注册准入。这对没有软件基础的我来说是个很大的挑战，我也担心怎样才能跟那些比我小十几甚至二十几岁的年轻同事打成一片。我对他们喜欢的事物、谈论的话题要么不太了解，要么不感兴趣。恰巧老板组织了每个周四为"蛋糕日"，我们准入组、质量组、临床组轮流带蛋糕来公司，大家可以边吃边聊。我喜欢烘焙，仅用了两个蛋糕就征服了他们的"胃"，靠着"蛋糕外交"和同事们慢慢地熟络起来。

一年下来，我接触了医疗器械软件新产品的开发和注册、已有产品的变更等业务，常常要承担组里最难的工作。日积月累，慢慢地我变成

/ 医疗器械软件公司开会

了组内和公司跨部门的小顾问。等到我要离职的时候,同事送给我一个小小的猫头鹰配饰,戏称我是大家心目中的"智者"。最后一天去办公室,老板亲自做了蛋糕,我被他的诚意感动。以真心换真心,用努力换来各组他人的尊重,这才是人生旅途上的快意之事。

初入咨询

我有一个特别能干的同学小卢。多年前,他看我在同一家公司干了四五年的时候就建议我:"你可以经常把自己放到人才市场上试试水。"一开始我并没有听到心里去。直到 2021 年,我才悟出职场的这些道理,早应该多去申请工作,建立自己专业领域的人脉,有事没事和猎头多联系。2022年夏天，我参加了六七个面试，拿到两个录用通知：一个是体外检测公司，另一个是医药注册准入咨询公司，两边提供的工资和待遇都差不多。我心里很纠结，因为听很多人抱怨咨询公司压力特别大，两边的猎头都极力劝说我"从"了他们。我跟小卢聊，他说："你学习能力这么强，你怕啥？工作总是中规中矩多没意思，你还要工作那么多年呢。"我说："我太温和，轻社恐，还是个外国人。"小卢很笃定地说："我还不是个内向的人。生活所迫谁都能行！"

转眼作为菜鸟进入咨询公司快一年了。这一年的心情起起伏伏，有时候自己都不知道是怎么熬过来的。和之前在软件公司相对单一的文化背景不同，咨询公司的同事和客户来自世界各地，教育背景和工作经历又相去千里。咨询公司的同事们大都是有十几二十年经验的专家，不是从各大制药公司就是从政府药物审批部门"挖"过来的。每次见客户时，他们常常在自我介绍环节拿自己在这一领域深耕的年头打趣。我的资历和他们比起来是"小巫见大巫"，只能避重就轻，以简为上策，挑跟客户需求有关的工作经历"对症下药"。有的时候，我跟同事开玩笑，说自己是高级顾问里的"小布丁"。当我需要一个人去应付客户公司六七个高层的各种问题时，我感觉一个小时的直问直答就像打了一场硬仗一般。

咨询公司和以往的工业界公司不同，除了要跟老板汇报工作，还需要对内对外与多个利益相关者沟通与合作。最难的是在家远程工作，有很多问题都需要自己主动沟通和提前计划。在咨询公司一年，学到最重要的一课是看问题的方式和角度变了：如何正确地问问题，如何问好的问题，如何引导客户一步一步去解决他们的困难。另外一个很重要的成长就是如何管理期望值：哪些是自己能完成的，哪些是需要团队帮助的，哪些是需要和客户协商的。和同事之间内部咨询也需要考虑对方花费的时间，如果不能报销到目前的项目，需要及时把"丑话"说在前头。

敢于说不

作为公司里唯一的中国人，又是一个新人，最先想到的是如何在新的挑战中生存下来，然后才能顾及将来的长远发展。过去的一年中，无论心里多畏难，我也没有对老板分配的各个项目说"不"。我知道，我作为新人需要多实践才能成长，客户的问题有助于我去理解法规在现实运用中的曲折。这样做的问题就是自己不得不打疲劳战，美国、欧洲和其他国家的各种法规层出不穷。一个同行开玩笑说："回家生个孩子，再回来发现自己已经跟不上新法规的更新步伐了。"法规准入行业真的是需要"苟日新，日日新，又日新"，学无止境呀。

年中随公司的资深咨询顾问一起去比利时给客户做培训，我被她的言行举止和专业素养圈粉。她有时会在客户问问题的时候回答："这个问题我也不知道答案，没有人知道答案。"虽然有的时候事实是这样，可是我总没有胆量这么回答，觉得客户付我们咨询费才不是想要听到这样的答案。如何用适当的态度和语气语调回答这类问题是个技术活儿，也需要经验的积累。时间长了，发现公司里很多年长且有经验的同事也会有很多不知道的问题，有时会在群里求救，看来什么都知道才是不正常的呢。另外同事也鼓励我多练习谈判的艺术，为自己争取利益。在即使不说"不"的情况下，依然可以尽量争取更多资源，让工作更容易顺利执行。

除了对外的咨询，我们也需要不断地适应公司的各种改革。英国人通常说话比较含蓄，但是很多同事之前都在政府部门工作，说话态度明确、干脆利落。遇到看不惯的事情，总是能"该出手时就出手"，直截了当地表明态度：我今天不是来提问题的，我就是想告诉你这件事这么做不对。比如最近的绩效管理体系和时间管理体系的推行就遇到了很大的阻力。几个新同事有个小群，私下里聊的时候他们会说：今天谁谁问的那个问题暴露了他真正担心的事情（同事用了一个词 showing）。我觉得有意见、有问题应该及时提出以便沟通解决，憋着只会把小问题闷成大问题。

双城记

2023年各家咨询公司都在合并，传统的注册审批咨询公司和资本相结合，把一盘棋下大，想办法赚快钱赚大钱。我们公司也在前两个月被合并了，两家完全不同风格的公司要整合非常痛苦。他们做事风格自由即兴，我们喜欢按照计划有板有眼；他们喜欢动不动就开会集思广益，我们基本报告第一稿就完成得七七八八了；他们没有工作生活的界限，我们欧洲的同事们下班就"躺平"了。最近公司合并后第一次阶段性反

/ 伦敦的夜晚

馈，同事们纷纷表示：请注意咱们有五个小时的时差！一起合作同一个项目的同事总是临时安排会议，我们给他起了个绰号：小李"迟"刀。

我们两家公司咨询的领域几乎没有交叉，他们跟我们比起来更新潮一些，更喜欢用一些酷炫的 PPT 和思维导图，喜欢用各种辅助软件。本来觉得用 Teams 或者 Zoom 日常沟通就足够用了，现在又要大家使用 Slack、Jira，等等，招来很多怨言。我们的老顾问们都纳闷，三两句就能讲明白的事儿，为什么搞这么复杂？所有的工具应该都是用来辅助工作的，如果使用不当反而为之所役。

除了上面列举的这些不适，其实合并还是有很多的好处，特别是对个人来说，能接触到更多商业层面从产品研发到上市以及之后的市场销售整个生命周期的各种策略的整合以及实施过程。同样的内容，去商学院学习还得花几十万块钱呢，而且还得自掏腰包。换个角度看，与其被动适应，不如主动融入。人生没有一劳永逸，我们得不断寻找自己的最佳"击球点"，重新进入动荡，寻找新的平衡。

存真

与在上一家公司用蛋糕做交流的敲门砖不同，现在的公司因为百分之百在家远程工作，我很难和所有的同事都有深入的交流。公司每年会组织一两次面对面的聚餐和培训活动，这是加深了解同事们难得的好机会。大家见了面，饭桌上、酒吧里聊八卦和自己的故事，几杯酒下肚，大家的话匣子就都收不住了。有个同事的口头语是"长话短说"，你以为他的故事要收尾了，结果又进入续篇，等一会儿却又来一句："长话短说，……"英国的酒桌文化和中国稍有不同，但是效果是一样的——一起做过项目又一起喝过酒、疯玩过，绝对会是加速大家变成一伙的进程。

我因为喜欢拍照，常常抓拍到大家在一起的搞笑瞬间。去瑞典参加公司 25 周年庆，被同事拉入舞池，我们一边跳一边录小视频。我分享了自己拍的照片和剪辑的小视频，因此也被同事们认识了，好多同事还专门发邮件感念大家共度的美好时光。前几天回公司培训的时候，我又拍了一段大家给同事过生日的开心时刻，配上那首颤颤巍巍的 *We Will Rock You*，播放给大家看的时候，竟意外成为这次培训的高光时刻。同事说："以后每次聚会，你都得给咱们拍一段作为保留节目啊！"有谁想到，和这样一群可爱的同事们在一起，小小社恐的我竟然有一天也被"培养"成了半个社牛。

上个月，公司欧洲总部的副总离职。在她给我的告别邮件里，她说："你是一个很善良、很有能力的人！"这句话给了我莫大的鼓舞和肯定。回想过去几年的人生经历，深感自己能够幸运地找到喜欢并擅长做的事情，不免感激一路以来遇到的那些志趣相投的导师和朋友们。原来性格内向不是问题，做个"好人"也没有关系，求拙、存真总有回报。把自己作为方法，终会找到新的欢喜。

（本文原为《剑河风》杂志社"戏说英国"征稿，后收入《戏说英国》一书中。）

在马来西亚参加婚礼的趣闻

方洁[*]

我第一次出国,就是到马来西亚。那是 2015 年的事情了。我当时还在北京外国语大学读汉语国际教育硕士,被外派到马来西亚理科大学(吉兰丹校区)做志愿者教师。从北外毕业后,我就与马来西亚的一个华人结了婚。然后又在马来亚大学读了几年的博士。现在已经在马来西亚工作了。算下来我在马来西亚已经客居快十年了。

因为专业的特殊性,我会对跨文化的碰撞有更多兴趣和宽容度,也更能深刻感知不同文化的差异与美好。我时常会有这样的感觉:随着全球化的发展,跨文化的交流真的随处可见。大到国家的方针政策,小到人们的衣食住行,方方面面皆有相似与不同。就拿我参加的马来西亚三大种族的婚礼来说吧,就能看出马来西亚多种族、多元文化的风情与魅力。

第一次被邀请参加马来人的婚礼时,我是非常震惊和错愕的。那时

---

[*] 方洁,马来西亚新纪元大学学院国际教育学院助理教授。

/马来人的婚礼

我刚到马来西亚一两个月,我完全不能理解为什么我的马来女上司会邀请我参加她侄子的婚礼。幸好是发消息邀请,我还能有时间向别人咨询该如何应对。我的第一反应是我得参加。毕竟按照我们中国人的普遍观念,被领导邀请,最好不要拒绝。但我咨询的那个华人朋友说,在马来西亚并不需要有这样的顾虑。如果我不想去,是完全可以婉拒的,别人也不会因此感到不愉快。

接下来的问题是:我要准备多少红包呢?我问朋友500马币够不够。他十分惊诧地看着我,说根本不需要那么多红包啊,通常送个电器就可以了。我问:你是说送电视、冰箱、洗衣机这些东西吗?这些不是更贵吗？而且如果大家都送这些东西，他家岂不是多到用不完？朋友笑着说：别紧张。只是小家电，通常也就几十马币而已。有的甚至不送东西，象征性地给个5马币、10马币，几十马币。如果给太多，主人也会觉得有心理负担。原来如此。瞬间觉得非常有意思，并无比期待这场不一样的婚礼了。在朋友的陪同下，我挑了一套很有中国特色的碗盘作为礼物送给新人。

婚礼是在一所学校的户外礼堂举行的。那天我特意穿了一条颇具马来人风格的长裙。领导见到我这样的穿着，感到非常开心。她热情地把我介绍给她的家人、朋友，带我跟新人拍照留念。新人穿着马来人的传统服装，笑意盈盈地端坐在装饰华美的礼堂中央，等着跟来来往往的宾客合影，看着非常像大家争相打卡的"吉祥物"。菜肴是自助的。十余种主食、甜品、饮料供大家随意选择。虽然有很多桌椅，但座位跟吃饭时间一样并不固定。大家想什么时候吃、想坐哪儿吃都由自己决定。期间还可以自由换桌。

领导和她家人跟我礼貌地寒暄一会儿，就把我"晾"在一边，去照顾其他客人了。我稍微吃点儿东西，略坐坐，就打算跟领导和她家人告别了。没想到主人还回赠了一小袋儿礼物。记得里面有一小枝花、几个咸鸭蛋和几页《可兰经》经文。我虽然不知道他们回赠的礼物所代表的意义，但是感受到了深深的暖意。

婚后我跟老公还参加过好几次华人的婚礼。大多数的华人婚礼都是在酒店里举行的。新人可能会发电子版邀请函，也可能会发正式的纸质版请帖。收到邀请的人，一般都会尽快给新人回复能不能参加。至于红包，也没有固定的数额。但大家大概都知道一桌婚宴多少钱，一般都至少会给足自己应付的餐费。比如一桌婚宴 1000 马币，10 个人一桌，随礼的人可能会给 100 马币。有的人为了吉利，可能会给 128 马币、168 马币等数额的随礼。如果是两个人或者更多人同行，随礼的钱也会按照心意相应增加。基本上不太会给自己和新人带来比较大的经济负担。可能因为马来西亚比较小，份子钱也很少，收到邀请的人只要没事儿，基本上都会不远千里，从全国各地赶过去参加。所以很多华人的婚礼都有几十桌、上百桌之多。

因为我老公是柔佛的，我参加的华人婚礼也基本上都是在他老家举行的。大家常选的酒楼也就那么几家，规格和流程也都是十分接近的。婚宴通常都是在周末或者节假日的中午，方便大家参加。人们基本上会在婚宴接近开始时陆续到场。到场时，会先把红包交给负责签到的人。当然也可以通过转账等方式提前或者在婚礼当天支付红包。一般新人不会指定客人的坐席，大家能随意就座。大部分人都会选择跟熟识的人一桌，这样可以聊聊彼此的近况。

跟中国有些地方的婚礼比较接近的是，婚宴一般会在司仪的主持下持续几个小时。新娘一般穿礼服，新郎穿西服。新娘和新郎可能会换两三次装。每次换装后，都会在司仪的主持下重新同时入场。宴席大多有十余种菜肴，荤素搭配，以海鲜、鸡肉、猪肉为主，还有一些时令蔬菜和豆腐煲等。新人大多数会给宾客准备一些红酒。但马来西亚饮酒的人不是很多，酒水消耗相对较少，基本上见不到劝酒的情况，也不用担心新人会被灌醉。新人基本上会到每一桌客人那里象征性地"敬酒"。比较特别的是，客人会跟新人一起喊"Yamseng"（粤语"饮胜"，干杯的意思）。声音很大，"a"音拖得很长，给人一种高亢激昂的感觉，饱含着人们愉快的心情和对新人的美好祝福。临近散场时，客人一般会跟新人告别，并拍照留念。

因为马来西亚还是一个多宗教的国家，有的华人可能会信仰基督教、道教、佛教等。这些有宗教信仰的人有时会额外举办一场宗教性质的婚礼。我就有幸参加过一场在基督教教堂举行的婚礼。这场婚礼相对来说比较简单，教堂并没有被特别布置，新人也没有给客人准备任何餐

/ 华人的婚礼（敬酒礼仪）

食。亲友们大多在约定的时间到达教堂，随意坐在教堂的任何位置，在神职人员的主持下吟唱一些基督教唱诗，接下来就可以见证由牧师主持的简单婚礼了。如果我们有其他宗教信仰或者没有宗教信仰，只需静静观礼，并不需要参与他们的任何宗教仪式。婚礼结束后，大家就可以自行离开了。

工作后，我还参加了一场印度裔同事的婚礼。接到电子邀请函时，我刚入职没多久。再加上我们住在吉隆坡，婚礼在槟城举行，感觉距离太远，有点儿不想去。但因为没有参加过印度裔的婚礼，又有些好奇。另外一个韩国同事和马来同事也跟我有相似心理。我们三人一商量，决定都拖家带口参加这场充满神秘感的婚礼，同时来场槟城之旅。

因为我们三个人都没有参加过印度裔的婚礼，对于送多少红包、红包封选择什么颜色都一无所知。我们上网查询、问其他印度裔的同事，尝试了多种方式，最终都没有获得一个比较靠谱的答案。马来同事说，如果不行，我们三个人可以一起买一个比较贵重的礼物，或者每个人包个 50 马币的红包。不过我觉得我带着老公和孩子参加婚礼，只给 50 马币太少了。我跟老公商量的是我们包 150 马币。过了几天，有个同事拿了一张卡片，让我们写下祝福和签名，并给 20 马币，说是以学校的名义一起送给那个同事。我心想，这种操作也太特别了吧。20 马币不多，既不会给不去的人带来不舒服的感觉，也能给新人送去大家集体的祝福。

后来我们发现婚礼是在早上十点举行，地点是一个印度庙，猜想

/ 印度裔同事的婚礼

他们不会提供非常丰富昂贵的餐食，马来同事说毕竟我们每人已经给过20马币了，建议我们只是到场观礼，不用额外送红包了。她说相比于送较为体面的红包而人不到场和到场却没有送红包，他们觉得后者的心意更加难得。想想不无道理：自驾几百公里的心意，确实比红包来得珍贵。最终，我们三个同事都携家属同行，并没有给额外红包。

那天，我们依约在早上十点抵达指定地点。除了我们几个人像"闯入者"，大部分人都是印度裔。他们不管男女，基本上都穿着隆重得体的传统服装，穿金戴银地盛装出席。门口有人迎宾，会象征性地向来宾洒"圣水"。寺庙里面有一个需要登五六层台阶上去的舞台，其他大部分空位都摆满座椅。中间铺设一条红毯供人走路。舞台中央有一个金黄色的长椅，新郎端坐在长椅上。长椅两侧盘坐着两个赤裸着上半身的神职人员，正在给新郎做一些宗教仪式。舞台右侧还有几个人，吹打着不太常见的印度人的乐器。

仪式持续很久，但我们还没有见到那个男同事的新娘。我们既听不懂又看不懂，感觉十分无聊。我就问旁边的人，新娘什么时候出来。她回答说等仪式结束后，新郎会去接新娘出来。过了一会儿，同事在十人左右的伴郎团的簇拥下走了。过了好久，新娘又在人群的簇拥中单独接受宗教仪式的洗礼。差不多半个小时左右，新娘离开了。在吹拉弹唱中，又等了好久，戴着夸张墨镜的伴郎团和新郎、拿着花篮撒花的女花童团、手捧烛花灯的伴娘团和新娘，以及直系亲属们陆陆续续在音乐中沿着红毯走进来。队伍浩浩荡荡，好不热闹。接下来又是很漫长的宗教仪式。但这次仪式新郎和新娘终于坐在了一起。整场婚礼的宗教性的仪式持续了两个小时左右。

终于到了可以吃饭的环节，那时已经十二点多了。一两种主食、四种左右的菜、一两种甜点及饮料，供客人们自助。吃完之后，又到了熟悉的"拍照打卡"环节。我发现这是马来西亚三大种族婚礼的最大共性了。也就是说宾客们基本上都会排队跟新人合影留念。宾客们送上祝福，新人表达一下感谢，再简单寒暄几句，宾客就可以告别离开了。

期间，我跟马来同事聊起参加不同种族婚礼的感受。我说马来人的婚礼十分自在随性，印度裔的婚礼宗教意味很浓，华人的婚礼非常注重酒店及餐食的档次。她说确实如此。她还补充道，以前的马来婚礼可能要持续好几天。人们想什么时候来、什么时候走、想来多少人都可以。甚至不认识的人路过，都可以进去吃点儿东西。所以马来人的婚礼相对来说是很费钱的。

我还发现了一点，可能因为不同种族有不同的宗教信仰及饮食禁忌，大家比较少邀请其他种族的人参加自己的婚礼。这也是为什么我老公和那个马来同事三十多年来第一次参加印度裔婚礼的原因。我也几乎没有看见过印度裔或者马来人参加华人的婚礼。如果真的邀请他们参加，新人需要特别给马来人准备清真食物，给印度裔提供不含有牛肉的食物。

作为一个外国人，我深深地被马来西亚多种族、多语言、多宗教、多元文化所吸引。从小小的婚礼，我们就可以看出不同文化的独特性。虽然出于各种原因，马来西亚在政策上可能会给予土著及马来人一些照顾，但不管怎样，我所遇到的马来西亚人，不管什么种族，他们大多都能尊重彼此的文化，尽量做到求同存异，友好相处。他们对待外国人也是如此。我们作为外国人，在保留自己文化独特性的同时，也可以更加包容地深入地感知跨文化的美妙。这样，友好交流会越来越多，世界也会越来越和谐。

教育 —— 见闻

荷兰读博：学术自由，生活理想

郑自香[*]

在荷兰读博是一种怎样的体验呢？三年的博士生涯里，我深深感受到荷兰的学术环境对我的滋养，这不仅让我的学术能力得到提升，更促使我在身心灵各方面都获得了巨大的成长。荷兰的自由开放的学术生态赋予了我探索学术的广阔空间，同时也让我能够享受理想的生活状态，实现了学术追求与生活理想的动态平衡。

研究自由度

刚读博时，我还是低估了荷兰学术界对时间自由度的定义。有一次，我想出去旅行，提前跟导师打招呼："希望你允许我下个月休息几天去度假。"我所理解的自由，就是导师一定会说："好，你去度假吧！"

但我导师的回应还是超出了我的预期："你任何时候休假都不需要征求我的允许，我没有权力允许你工作或者休假。我完全信任你是最了

---

[*] 郑自香，荷兰格罗宁根大学心理学在读博士生。

/ 荷兰风车

解自己工作和生活平衡状态的人,你最知道自己什么时候需要休假,以后你休假都不用告诉我,直接去。"

所以,我整个博士生涯,大大小小的旅行,都是说走就走,从来不需要和导师商量。

除了时间自由,还有地点自由——每个博士生都有自己的办公室,但我们可以自由选择什么时候使用办公室。

有的人喜欢在咖啡馆办公,有的人喜欢在家办公,也有人喜欢飞到海边,一边度假一边工作。这些都是个人的自由,在哪里工作效率更高,就选择哪里。

比如我的荷兰导师，更喜欢居家办公，只有开会的时候才来办公室。她从来不参加同事间的社交活动，有好多同事甚至都没怎么见过我导师。

但作为学生，我压根不在乎她到底来不来办公室，我只在乎我的需求她有没有满足。而她所有学生对她的一致评价都是"非常满意"，因为她给反馈最快，句句有回应，事事有着落。

还有课题自由——博士生自主选择课题和方法，导师的作用是辅助博士生完成自己想做的课题。

我导师常常跟我说，我才是老板，老师们都是我的工具人，我要尽情"使用"他们；我才是我的研究课题的专家，我对于自己课题的了解一定比他们多，所以我要帮助他们跟上我的进度，在此基础上，我才能充分"使用"他们的经验和专业。

每当意见不一致的时候，我导师就会提醒我："使用"我们，而非"服从"我们。

在我的博士生涯，我的很多决定都是受导师影响做的，但从来都不是导师强加给我的。比如我想做 A，导师建议我做 B。我最终选择了 B，不是因为盲目服从他们的权威，而是我仔细思考了之后发现他们是对的，这个思考的过程也是学习的过程。

我导师有时也会很谨慎，担心我选择改变自己的想法是盲从老师们的权威，所以会问我的想法，以确认我是真的和老师们达成了共识，而不仅仅是他们让我怎么做我就怎么做。

/学院

学术文化平等开放

教授与学生之间的关系相对平等，学生可以较为自由地提出问题和挑战权威。

举个有趣的例子，我们部门有个学术"大牛"，不仅论文引用量常年稳居领域前列，名字更是高频出现在教科书和同行参考文献中。有很多刚入职的博士新生在刚见到他时的第一反应都是激动，紧张，不知所措。

"啊啊啊啊！ XXX 刚刚跟我打招呼了！"

"XXX 居然跟我们一起挤火车！"

总之，就是把他当成学术之神来仰视。

但是在部门呆久了就会发现，"大牛"也是普通人类，在路上碰到了也会主动问候我们，也会讲冷笑话，会在喝多了的时候尬舞，会有一些不小心冒犯到人的黑色幽默。

即便是最德高望重的学术巨擘和最初出茅庐的博士新生之间，也没有等级之分。你说得对，我会认真学习。你说得不对，我不会因为你比我资历浅就让着你，或贬低你；我也不会因为你比我资历深就迎合你，或服从你。

学术与生活边界清晰

不喜欢参加团建，可以不参加。

不喜欢喝酒，可以不喝。

不喜欢谈论私生活，可以不谈。

一般部门团建都会提供各种饮料，有酒精的和无酒精的，大家自取，没有人会劝不爱喝的人喝酒，也没有人会劝爱喝的人少喝点，这都是个人自由。

我们部门不喝酒的人算少数，我前几次参加部门聚会的时候都不喝酒，但无酒精的饮料选择很少。后来再去同事家聚会的时候，看到我来了，他们都会特意说一声，有哪些是无酒精的饮料，是专门为我买的。

在这里，不喝酒是一种需求，会被记住，会被满足。

质重于量

荷兰的学术评价体系更注重研究质量而非数量。

学术成果通常通过同行评议、影响因子以及研究对社会的影响等多方面进行评估。导师更看重慢工出细活，重视研究的创新性和社会价值。

比如有些中国博士生很焦虑自己的论文数量，导师的态度是，如果要批量生产论文，这是最简单的事情，我们可以做，但我们不想做。与其为了追求论文的数量去做一些短平快的研究，重复已有的研究路径，还不如沉下心来，找出一条没有人走的路，一步一步，踩一条新路出来。

专注本职，无须额外劳作

博士生的首要工作是完成自己的博士课题，与之不相关的事情，如果愿意做，可以做；如果不愿意做，不用做。

一个中国朋友给我讲过一件最令他印象深刻的事情：他刚来荷兰读博的时候，他导师的办公室就在他对面。有一天，他去倒咖啡，看到他导师也在办公室，就顺手带了一杯咖啡给他导师。没想到，他导师非常认真地跟他说：给我倒咖啡不是你的工作，你以后也不用做，你唯一的工作就是你的研究课题。

这个小事情让他非常震撼，也让他重新开始审视自己习惯了的行为模式。在荷兰，职业关系更为清晰和分明，导师与学生的关系主要基于学术和专业领域，私人领域的事情则被看作是各自的责任。

自愿承担分外的工作会被认可

有一次在部门的周会上，轮到我来做主持，其实工作非常简单，就是记一下举手发言的人的顺序，然后提示大家挨个发言。但对我来说，最难的就是记人名，尤其是很多平常从来不来办公室的生面孔。意料之中的，我叫错了一个同事的名字。我手足无措，感到非常紧张，感觉自己很没有礼貌。

系主任就坐在我对面，居然非常开心地要和我击掌，并调侃说："终于有人和我一样叫错名字了！人太多了根本记不清啊！来，击个掌！"于是，我的尴尬就这样被幽默地化解了。

此外，我还担任了我们部门的博士生代表，负责作为桥梁连接教授组和博士生组，代表我们部门的全体博士生（超过30人）和教授组沟通我们的诉求。这也不是我的本职工作，没有额外的薪水，是我自愿承担的分外工作。于是，教授们会口头感谢我付出了自己的时间来做这项小但不可或缺的工作，博士生同事们也会口头感谢我能够代表他们。

承担自己职责以外的工作，哪怕只是做了很微不足道的事情，也没有人把这当成理所当然。做得不好，会被谅解；做得好，会得到赞美。

礼物是人情味，而非人情世故

因为送礼是自发的行为，礼物传达的便只是人情味，而非人情世故。比如有一次我生日的时候，我导师特意给我买了蛋糕作为惊喜；我导师生日的时候，我和另外几个被她督导的学生一起给她买了鲜花，写了卡片；2024年暑假之前，导师工作的最后一天，我给她买了一个蛋糕，庆祝她马上要和家人度假。

这些礼物都是我们一时兴起自发的行为，并非为了讨好谁，只是纯粹地因为欣赏对方，想让对方高兴。没有这些礼物，我们的工作关系不会有丝毫的改变；有了这些礼物，我们的工作关系也不会有任何越界。

送礼也没有那么复杂，比如我送了"二导"（协助导师指导研究生的副导师）蛋糕，但没送"大导"（主导师）蛋糕，谁也不会觉得有什么不妥，礼物就是个一时兴起的快乐传递。送礼的人不需要面面俱到，收礼的人也不需要觉得欠了人情。

荷兰的博士生活让我感受到学术自由与生活理想的融合。在这里，我不仅是研究的主人，更是在自我管理与自主选择中不断进步的人。这样的环境，不仅促使我在学术上有所进益，也让我在生活中找到了理想的平衡。

在瑞典重新当老师

谢为群[*]

去瑞典之前，我在中国国内当了 27 年老师，也就是说在讲台上度过了 27 个春秋。时间可谓不短。后来虽然退休了，但如果愿意，仍旧可以继续在讲台上发挥余热，但我没有这样做，而且也不感到遗憾：一是因为要去瑞典了，二是虽然很多人认为我是当老师的料，但我自己并不喜欢这个职业，尤其是当发现有些学生并不喜欢读书时，我更感到自己白白浪费了时间，觉得没有必要把自己的"余晖"投射在并不十分喜欢"阳光"的人身上。

到了瑞典，我学了两年瑞典语，进步应该属于神速的，那得益于学过英语的经历。但听力和口语滞后了，而且是严重滞后。不过我也无所谓，因为没有要找工作的压力，我去瑞典是去养老的。但我太太觉得不能这么悠闲，我学瑞典语也是她用"无形的手枪"顶着我"逼"我去学的。后来太太又觉得光学瑞典语也太悠闲了，应该去找份工作。今年

---

[*] 谢为群，上海音乐学院副教授，现居瑞典。

/小区一角

（2024年），我忽然发现信箱里出现了一些招聘各工种的邮件，原来是她偷偷替我申请了工作。

邮件所提到的大都是技术性的工作，而我是"技盲"，所以我见了直接就删。删着删着，慢慢就忘了有这么回事。忽然有一天，我收到一封来自瑞典一所远程教育中心（其实是教育中介）的电子信件。对方在信中说：我们曾经收到过你的求职申请，现在你是否依然有这个求职需求？如果有，现在有一份远程教育的工作可以让你试教……

我感到新鲜，因为自己从未做过远程教育；但也有点不踏实，因为我是个"技盲"，操作电脑更是停留在很基础的水平上。不过，想到身边有电脑操作技术远强于我的太太和女儿，也顿时有了点底气，于是回复说同意接受面试。

瑞典这所远程教育中心的创始人是一位美国人，和我一样，是被他的瑞典太太"绑架"到瑞典的，不过他比我强多了，已经创业有了自己的教育培训学校了。我与这位美国人在视频里"见面"了，看到对方表情丰富的脸，我抑制住自己内心不断涌起的兴奋，暗自提醒自己别流露出不成熟的小孩子气。我们全程用英语交谈，我很惊喜自己居然大部分都能听懂，因为三年来需要我讲英语的机会很少，比我在国内当老师的时候还要少。我很奇怪他怎么不和我说瑞典语，好像他很善解人意地知道我瑞典口语很差似的。后来查了"自己"（实际是我太太）当初发给他们的求职申请书才知道，是"自己"向他们"坦白"的：虽然我的瑞典语的阅读能力和书写能力还可以，但口语尤其是听力很滞后。我必须在这里提一笔：我申请的是教中文。我注意到瑞典人教母语全程只用母语——瑞典语，所以我很自信我也能用母语教母语的，虽然我大学学的不是母语。

面试下来，感觉对方对我还是满意的，因为他直接向我要只有被考虑录用后才会索要的东西：瑞典警方出具的无犯罪记录证明、瑞典ID卡号、永久居留证编号、对每节课课时费的期望……最后他说了一句：下周一我会寄发给你新的登录用户名和密码。

但我等到那周周五也没收到他任何邮件……后来才知道，推迟的原因是学生那头没有落实好。要学习中文的只有一位学生，而且远程学习中文只是孩子的父母和孩子所在学校的想法，并非孩子本人的意愿。

这位学生来自中国陕西，随父母移居瑞典，落户在一个比较偏远的小城。他就读于当地的一所瑞典中学，所有课程都是用瑞典语教学，包括英语课。这对一个新来的外国孩子是有相当困难的，时间长了心理上也会产生挫败感。而那儿除了他，没有第二个华人孩子了。虽然瑞典有义务为外国孩子提供母语教育，但不可能为一个孩子配备一名中文老师，另外估计在他所居住的小城也很难找到中文老师。所以校方找到了这家远程教育中心。

得知了事情原委后，我心想：教中国孩子学中文，我应该是"三只手指捏田螺——十拿九稳"。但想想又不对：这个孩子在中国国内已经是中学生了，还需要读什么中文？他不像我女儿，我女儿中文都讲不清楚。出于谨慎，我主动发问：那孩子或者校方、孩子的家长需要得到怎样的帮助？远程教育中心回答：这位学生看不懂所有教科书的瑞典语描述，包括数学教材里的应用题说明。需要我帮助翻译和解释。

我先是一喜——瑞典语阅读和翻译是我的强项，后又一惊——中学的数学题肯定很难，别说是瑞典语，就是中文估计我也看得云里雾里，自己都不一定看明白。但我的性格是不会轻易示弱，我想只要给我时间，大概依靠字典和喜欢琢磨的脑子应该可以对付。于是我大胆接下了这份活儿。

世事难料。第一次与那位可爱的中国中学生视频聊天后，我发现情况并非完全如远程教育中心所描述的那样……

那是一个周一的下午两点，我用中介提供的用户名和密码，提前五分钟进入网上教室，检测视频图像和音频系统的运作状况，然后点击

"进入"。虽然讲台于我不陌生,但虚拟的讲台不同,有点虚幻的感觉,于是我有了一点小兴奋,用挑剔的审美眼光认真审视了一下屏幕上自己的形象:还算满意,就是皱皮疙瘩了一点。我特地换了一副红框眼镜,虽然由于已老花度数已对不上了;还特意穿了一件红色毛衣,感觉自己有点过于隆重了。

那位学生还没有"进"教室,我想他大概在学习瑞典人的"准时"习惯(既不迟到也不早到)。我开始想象那孩子的形象……正在走神的时候,突然感觉屏幕晃动了一下。他"进"教室了!他大约十四岁,戴深色架框眼镜。比我女儿的年龄还小。我顿时信心倍增。

作为老师,我责无旁贷地首先开口问候,脸上始终堆着尽可能让人感到亲和的微笑,为的是打消他的紧张感。这一点我很有经验,我的一双儿女就是这么被我哄大的。

半小时聊下来,我发现他不是要找老师翻译和解释他看不懂的瑞典语的数学书和地理书,他急着要找一位能讲中国话的瑞典人教他瑞典语口语!我虽然会说中国话,但瑞典语口语和听力却不灵光,其实我也正希望有老师教我啊!

我与他用中文聊到下课……下线后,我坐在原位不动,认真想了想,最后决定认真给远程教育中心的联系人写一封信(当然是用瑞典语,多用瑞典语是我学习和提高瑞典语的方法)。我表达了三点内容:感谢信任;谈谈学生的实际情况;我想说的话。最核心的是第三点。关于第三点我又表达了三层意思:学生的要求与贵中心提供的信息有出入;我的瑞典口语达不到瑞典人的标准和准确；让我这个瑞典语口语还有待提高的中国人来教口语对学生是不公平的。最后建议：出于对学生的负责，请在决定之前听取一下学生和学生所在学校的老师的反馈意见。

我之所以还特别提到要听取学生所在学校的老师的反馈意见，是因为视频时学生的瑞典班主任也在场。班主任还曾在中间插话与我视频聊了几句。当时我一惊：怎么突然冒出来一位金发碧眼的美女？原来她见

/ 瑞典语词典

/瑞典首都斯德哥尔摩

我和那位学生全程都在讲她听不懂的中文,开始疑心我是假冒的,于是主动开通麦克风用瑞典语与我聊了几句。值得庆幸的是我居然听懂了,居然也能故作镇静地用瑞典语跟她对话。不过,对话中还是在一个词上卡壳了,她反复提到一个词Öven,我假装明白但显然答非所问。后来还是那学生帮我解围:Öven其实是学生的瑞典名字"欧文"。照此看来,如果再继续和班主任聊下去,我口语不灵光的"破绽"就露出来了。

和这个孩子视频之后,我觉得自己要坦诚,不能糊弄孩子,在职业道德上我不能糊弄该机构。给远程教育中心的电子信件发出以后,我大大舒了口气,与太太相对而坐,喝了一杯美味香浓的咖啡。

一个星期后,我收到了远程教育中心负责教学的老师的一封长长的瑞典语邮件,大意如下:非常非常感谢(因为他用了"一千次感谢")

你的反馈意见。你的分析和判断(对我们和学生所在的学校）很有帮助。但我相信该学生在你的指导和帮助下会有进步（估计已获得学生本人的反馈意见）。我们希望你担任这份工作，最起码在过了一段时间后再做评估。虽然你在瑞典语口语方面比较欠缺，但要知道要找一位能用中文作为教学语言的瑞典人也是比较困难的。我们希望你在以后的几堂教学过程中找到感觉……

收到这封热情洋溢的确认信后的一小时，正好到了按规定我应该坐在电脑前，"进"教室上课的时候了……

在美国的印度同学

微风小豆[*]

如果问中国留学生对印度同学有什么印象，你很可能会听到这样的回答，"抱团""能说""卷王"。我觉得中国同学看待印度同学有点像看待竞争对手，毕竟两个群体在签证和工作机会等方面存在竞争。了解印度同学的过程中，我多次被他们震惊。比如，他们在印度的家中有佣人，但来美国后却要去学校的超市打工挣钱。尽管生活习惯有诸多差异，我却觉得我们的精神状态十分相似：都是发展中国家的人，有时不得不卷。人口多、人均资源不充沛，不得不竞争。不仅由于两国国情有许多共同点，作为外国人我们在美国的处境也非常相似，所以我们充分理解彼此的愿望与忧愁。

抱团是种文化习惯

在我看来，印度人的抱团行为是一种文化习惯。不仅面对竞争时抱

---

[*] 微风小豆，在美的中国留学生。

团从而互相帮助，平时日常生活与家人和朋友的联系就很紧密。我有五个印度同学，四个女生，一个男生，我见过他们每个人在学校和家人打电话，而且有的不止见到一次。二十多岁的中国年轻人通常不在同学面前和家人打电话，因为不想让同学听到自己和爸妈的谈话内容，觉得不好意思，但是印度同学不太介意这个问题。

在美国和加拿大的旅游景点，我们看到印度游客，经常是老老少少一大家人一起出游，他们和家人的联系真的很密切。还有个有意思的现象，在学校里经常能看见四五个印度同学围在一起说话，而且能站着说好久。起初我觉得他们的谈话有些神秘，因为这种现象在其他国家的同学中没那么常见。和我们专业的印度同学熟悉之后，我也和他们课间站在楼道里围成一个圈，加入他们的对话。其实他们说的事并不神秘，就是谈论今天的课怎么样、作业做完了吗、喜不喜欢这个老师……他们就是很爱交流。

另外，我发现印度人在美国抱团的一个客观原因是，他们在美国有亲戚可以投奔。我的五个印度同学，四个来自孟买，一个来自印度中部的印多尔市，他们每个人都有亲戚在美国。桑娅已经结婚了，她老公在加州一家科技巨头公司工作；卡琳娜的亲哥哥在加州做程序员；瑞希塔的亲叔叔在得州开公司，已经移民美国十多年了；拉杰有个远房奶奶在波士顿；法缇玛也有亲戚在美国，虽然我忘了具体情况。相反，中国同学很少有人有亲戚在美国。

从印度到美国的经济落差

在美国大学的校园里，印度同学穿得明显比中国同学朴素。我和中国同学出去吃饭通常人均 40 美元，和印度同学出去吃饭通常人均 20 美元。我周围的中国同学租房虽然是合租，但每个人都有独立的卧室。印度同学有更大可能性几个人共用一个卧室，我的同学瑞希塔就和四个女生共用一个卧室。我完全理解印度同学花钱节俭，毕竟 80 多印度卢比才等于 1 美元。7 块多人民币等于 1 美元，已经让我在美国花钱明显比国内拮据，何况他们的货币换成美元后购买力下降了那么多。为了挣钱，印度同学包揽了大部分校园内勤工俭学的岗位。留学生在美国工作有诸多限制，可以用学生签证实习以及毕业后工作 1—3 年，但工作要和专业相关。随便从事简单体力劳动是违法的，比如做餐厅服务员。但是，学校范围内一些简单体力劳动可以让留学生合法勤工俭学。我的印度同学卡琳娜平时在学校的健身房做前台，暑假在学校的超市做收银员。她所在的那个超市，里面清一色全是勤工俭学的印度同学。另一个印度同学拉杰在学校的一个餐厅做汉堡。我觉得印度同学很能干，自己挣钱帮家里减轻负担。但是得知他们在印度的家里有佣人时，我大吃了一惊。

一次我和印度同学瑞希塔聊到做饭，她说她来美国后做饭水平进步很多，她妈妈和她家佣人（她原话的用词是 servant）都很为她骄傲。

"什么？你家有佣人？"我惊讶地张大眼睛。"是呀，我们几个人家里都有佣人，帮我们做家务。所以很多印度同学，尤其是男生，到美国后非常不适应，因为完全不会做饭。"瑞希塔说。在我的认知中，只有超级富豪才能全年365天雇一个佣人做家务，普通家庭只是刚生了孩子请月嫂帮忙几个月，或者有生活不能自理的老人才请个保姆。

我将信将疑地向其他四个印度同学核实，结果他们都非常肯定地告诉我，"是呀，我们家有佣人。"桑娅说：不能叫他佣人，他在我们家十多年，已经是家人了。这个人叫沙尔曼，我爸的朋友和他聊天，问他你家儿子怎么样、女儿怎么样，也会问沙尔曼怎么样。反正他已经是我们的家人了。

我想了一下又问：这是不是说明劳动力的价格在印度很低？中国大城市的中产家庭可雇不起佣人。印度同学回答是这样，在印度吃饭、理发这些事都很便宜。在印度的家里有佣人，来美国却要去学校的超市做收银员，这样的落差真的很大，印度同学不容易。

印度蹦迪真热闹

2023年在瑞希塔的生日会，我见识了印度人民真的是能歌善舞。

瑞希塔热情好客，邀请了她的五个室友，我们专业的六个同学，还有她在波士顿的另外四个朋友。总共16个人，把她不大的公寓装得满满的。

大家吃饱喝足后，不知是谁忽然把灯光调成夜店风的红色，放起节奏感十足的印度音乐。"哒哒哒哒，哒哒哒哒"，毫无征兆，一场印度蹦迪开始了。

/印度同学的妈妈来美国参加她的毕业典礼，给笔者带的礼物

在我眼前，舞姿奔放的印度同学仿佛成了另一批人，平时上课存在感不强的女同学一下子充满活力。无论男生女生，动作都那么协调而自然。我跟着大家尬舞，没想到在瑞希塔家的客厅，这么简单的场地，竟然能这么嗨地蹦迪。除了印度蹦迪歌曲，他们还放了很多英文歌和韩国神曲《江南 style》。

印度同学不仅过节过生日跳舞，平时聚会也跳舞。2024 年 2 月，一个平常的周末，我们到瑞希塔家聚会。吃完饭，她的室友打开电视，放起宝莱坞电影的歌舞片段，这让我瞬间明白了宝莱坞歌舞在印度有多么深厚的群众基础。

印度同学不用看视频，就记得里面有什么动作。他们在视频播放前就和我说，这首歌里有个特搞笑的动作，是这样的。我问你们怎么能记得这么多动作，卡琳娜说因为我们经常跳舞。一个晚上，我们六个女生，跳了将近二十个宝莱坞电影的歌舞片段。

在印度同学这里，跳舞不是门槛很高的事，没有刻意追求跳得很美或者很酷，主要图个开心好玩。

印度同学像一面镜子，让我看到了自己

距离毕业还有半年，我和印度同学就开始投简历、找工作。美国的就业市场不景气，很多公司裁员，毕业生就业压力非常大。美国同学也有压力，但没我们这么着急，有的人准备先来一场毕业旅行再工作。

从2024年年初到现在，我们都投了大几百个或者上千个岗位。有人找到了，有人还没找到。作为外国人，我们在美国找工作比美国人难太多。我问印度同学：你们的父母支持你们在美国工作吗？卡琳娜说：他们支持，我哥哥就在加州工作。瑞希塔说，她家是开公司的，她爸妈希望她回去帮忙打理自家公司，但是她觉得在美国留学花了好多钱，想工作一段时间再回去。我跟瑞希塔说：你已经订婚了，2025年12月结婚，你这个情况回去还不错。而且回去不一定要在自家公司工作，也可以在其他地方工作。瑞希塔说在印度人们工作与生活的平衡很不好，在

美国实习了半年后，她觉得在这里人们能更好地平衡工作和生活。我一下就明白了，印度打工人和中国打工人应该有非常相似的境遇。

　　从很多年前开始，我就喜欢印度电影，对题材很有共鸣，比如阿米尔汗的《三傻大闹宝莱坞》。在美国，我和印度同学的共同话题远多于和美国同学的共同话题。虽然在中国同学眼中，印度同学是"卷王"，但是在美国同学眼中，整体上，中国同学和印度同学都是"卷王"。我觉得"卷王"的表象的背后是勤奋和危机感。这种勤奋绝对值得歌颂，对未来的危机感则能帮我们未雨绸缪。但也必须承认，很大程度，这些品质是在客观环境中被迫塑造形成的。和印度同学在美国相识是件有趣的事，他们像一面镜子，照出了我的身影，而美国同学像另一面镜子，映射出和我很不同的形象。对比之下，我更加清楚自己身上的特征，以及这些特征从哪里来。

（本文原发表于"小豆的留美下半场"微信公众号，文中瑞希塔、卡琳娜、桑娅、拉杰、法缇玛、沙尔曼均为化名。）

去朝鲜留学，我看见的神秘国度

杨心玥　杨宇　杨雨蒙[*]

中国与朝鲜相邻，但在多数中国人眼中，朝鲜是一个充满神秘感的国家。

大众只能从新闻报道上碎片化地捕捉有关这个国度的信息。2019年，在某外国语院校修读新闻和朝鲜语双学位的20岁女孩安安，意外得到了一个去朝鲜做半年交换生的机会。

以下内容根据她在朝鲜留学半年的真实经历和感受整理。

朝鲜初印象："这么穷的地方，能吃饱穿暖吗？"

整片光秃秃的黄土，不见植被，不见房屋。未开垦的土地上，并无其他颜色点缀其间，像是干涸的沙漠。

眼前之景比想象中更糟，我开始担心：这么穷的地方，能吃饱穿

---

[*] 杨心玥，"十点人物志"记者。杨宇，"十点人物志"编辑。杨雨蒙，"十点人物志"主编。本篇口述人为安安。

暖吗？

抵达朝鲜的第一站是入境安检。朝鲜的安检格外严格，所有行李必须在过完安检仪器后开箱检查，手机、电脑、硬盘等电子设备需要先上交海关，严禁携带韩国、日本、英美等国相关的资料内容。

据留朝师兄师姐们的经验，电脑可以设置文件隐藏，在硬盘里放下载的各国影视剧和书。我成功利用"文件隐藏"保留下一些日韩剧、美剧和国产剧，在后来的日和夜里重温了《甄嬛传》。

有个朋友则比较倒霉，他存在电脑里的课程作业被海关搜了出来。那是几份PPT文件，有关韩国政治、经济和文化的介绍。他因此被带到"小黑屋"，遭受异常严肃的动机盘问，最后写下保证书，承诺绝对不会传播文件内容。

安检后，我们拉着行李箱走出机场，看到开至面前的接机大巴，窗户没玻璃，一旁立着铁质行李架，座位是皮质并排式样。

从机场到平壤市区，田野和山村逐渐隐没，街道变得宽阔而熙攘。

春天的平壤是一个缤纷的世界，到处都是五颜六色的房子，女士们穿着彩色紧身连衣裙或小西装，男士们则穿着军装或正装，胸前都佩戴着徽章。沿途碰见很多军人列队而行，他们戴着土黄色高檐军帽，流苏挂在肩膀上，裤腿笔直。

道路两旁还有为孩子们设置的游乐场，憨态可掬的卡通造型装点牌匾。窗外的风徐徐吹进车厢，让我的心情突然变得雀跃，如同飞出车窗的调皮气球。

在朝鲜的第一周，我与家人朋友处于失联状态。朝鲜人有自己的内网，而我们作为外国人，直到去中国使馆才用上网络。朝鲜同学带我们去国际通信局开电话卡，一张200美金，只能供外国人之间通话，打不进朝鲜人的电话。电话卡也提供开网服务，但按流量收费实在太贵，公派留学生通常不舍得用。

在朝鲜，全民下载软件都要到线下的"情报交流所"（根据朝鲜语的直接音译，更像"信息交流所"），付费请这里的老板帮忙把软件下载到手机或电脑里。刚去时，我们想下载朝鲜语字典，老板在我的电脑上捣饬半天，结果软件和Windows系统不兼容。

有趣的是，朝鲜当地人也会去情报交流所下载电视剧资源。那一年，情报交流所门口上贴着一张海报"今天更新《伪装者》X集–X集"。

中国谍战剧在朝鲜很受欢迎，《伪装者》和《潜伏》的宣传信息无处不在，它们是朝鲜街头巷尾热播的电视剧。

不仅是流行国内完结已久的电视剧，在朝鲜的半年，周遭的一切都仿若穿越回过去，我时常感到自己陷落进时间的缝隙，过去和现在彼此拉扯，唯独看不清未来的生活。

留学生在朝鲜：无处不在的集体生活和领袖崇拜

我所前往的金日成综合大学是朝鲜的最高学府。这座学校雄伟壮观，三层的电子图书馆、体育馆、游泳馆、食堂、健身房等一应俱全。3号教学楼的一楼大厅挂着金正恩同志的画像，路过的朝鲜同学都会停下来鞠躬致意。

刚来的时候，我们这些留学生犹豫了很久，最后学着他们的样子，拘谨地鞠完躬再上楼。后来我才知道，学校没有规定学生们这样做，是朝鲜学生们自发的举动。

宿舍是二人间，独立卫浴，房间里挂着一台液晶电视。电视只有四个台，会播放歌唱表演、电视剧、朝鲜国内体育赛事、天气预报等，从下午三点之后才有信号，每次都要把天线架到窗帘上接收信号。

我们上课的时间是周一到周六，只安排上午课程。我从宿舍走到教学楼需要20分钟，教室里经常停电，没有空调和电扇。4月的教室透着阴冷。到了夏天，教室则像汗蒸房，我们只能用书本扇风，却依然全天冒着热汗。

课程一般从早上八点上到十一点，有时会延迟到下午一点，食堂的开饭时间跟着课程表走。每到中午十二点，我饿得魂都没了。朝鲜食物也是以炒菜为主，食堂日常供应米饭和小炒菜。

可能是食材处理得不太干净，油水又大，前几个月我每周腹泻，带的三盒蒙脱石散8月份全吃完了。腹泻最严重的一次，我甚至在宿舍晕倒，被送到朝鲜的亲善医院治疗。

在朝鲜上学期间，留学生的课程包括讲读、会话、写作和地理。

我们还会被安排鉴赏朝鲜电影，其中有一部叫《少女妈妈》，讲述一位16岁的女孩在孤儿院收养了几个孩子，每天任劳任怨为他们洗衣服做饭，放弃来之不易的升学机会。还有一部讲述乡村建设的电影，主角是一个生产队的姑娘，她为了在暴雨中救下一只队里的羊，最终牺牲了。

我被这种朝鲜特色电影大大震撼。这些电影里，女主人公为了集体或他人，都牺牲掉了个人欲望甚至生命。尽管是电影，我还是很难过，"个人的欲望"是否必须是"集体"的对立面？故事的结尾，生产队为姑娘举行了葬礼，这样的结局是一种必须吗？

学校举办过歌唱大会，我们这些留学生被要求站在大礼堂的舞台上为台下4000名朝鲜同学表演节目，有齐唱、独唱、双人唱。从排练到登台，整个过程对我来说像是一场"崇拜价值"的脱敏。

老师会在课堂上选拔并分配内容，歌词都围绕着歌颂领袖或大好河山，比如"我们称他为爸爸，我们的领袖"或者"远山的尽头，回荡着山响"。在朝鲜的大学校园，我还观察到一个奇特的现象——全民集体劳动。

朝鲜并没有"环卫工人"这一职业，每天早上很多平壤市民自发蹲在小区的绿化带旁拔草。周六上午，金日成综合大学的学生们会来一场校园大扫除，扫地、拖地、除草，面面俱到。

在我去留学期间，恰逢中朝建交70周年，那一天万人空巷，我从未在街上见过那么多平壤市民。街头悬挂着"中朝友谊万古长青"的条幅，人人都手拿中朝两国的国旗涌向街头，五颜六色的朝鲜传统服饰看得我眼花缭乱。

朝鲜人对中国的态度普遍比较友好。而朝鲜人对韩国的态度，却存

/ 金日成综合广场

在鲜明差异。

  很多老一代朝鲜人的心里，都渴望着朝韩统一。在一门课上，一位老师恳切地对我们说："诸位日后如果从事外交工作，请为我们半岛的统一多做贡献。"

  朝鲜年轻人对韩国的态度截然不同，身边的朝鲜同宿生一提到韩国就摇头，从不主动问，也拒绝了解韩国的一切讯息。

  曾经有个妹妹来我们宿舍愉快地聊完天，我为了表达友好，随机从架子上拿了几张面膜送给她。只见她不动声色地把韩国面膜抽出来还给我，简短地说了一句"我不用"，然后把其他的带回去了。

朝鲜社会观察：交通、物价和景点

周日没课的时候，我会跟朋友坐上出租车逛一逛平壤。有时我们也会被司机拒载，司机搭载外国人，需要提前打电话跟总管站点报告。

如果跟朝鲜同学一起，我们会选择坐地铁。平壤地铁的凯旋门站是一个专门展览给外国人的景点，顶上悬挂着很多水晶吊灯，修建得格外富丽堂皇。

平壤街头的整体消费并不高，通用的货币有朝币、美元、欧元和人民币。街头随处可见卖饮料和吃食的清凉亭，两三块人民币就可以买一个饭团或者一大袋烤栗子。朝鲜人常去的平价食堂门庭若市，1—5元可以搞定一顿饭。超市里，50元可以买到一件衣服。

不过，即使在朝鲜，家境优渥的人群开销也可以很大，我们去定制合唱穿的朝服时，老板说我们的音乐老师每月会在店里订购多套服装，每件衣服都要600元上下。

朝鲜的热门饭店，同样喜欢中国国内"饥饿营销"那一套。当地有一家"苍光院炸鸡腿"特别出名，中午十一点开始营业，鸡腿十二点前就卖完了。我们去了三四次都空手而归，后来在营业前就蹲守排队，才终于吃上了网红鸡腿。

我还喜欢去"日出食堂"，二楼的装修特别文艺范儿，有华丽的钢琴、柔软的沙发和精致的浮雕，供应甜蜜的巧克力蛋糕和椰子牛奶。有一家叫"玉流馆"的冷面店有"天下一绝"的名号，门口排队的人特别多，但外国人去会被直接带到另一个包间，花费跟本地人不同。

物价上的区别对待，在朝鲜很多的景点和饭店都普遍存在。我们去大同江上划船时，就曾发现当地人只需支付 5000 朝币，外国人的花费却是 6 欧元，两者相差较大。

我们还去逛过朝鲜第一百货商场，商场有三层，涵盖食品、日用品、衣服、乐器等各种商品，商场转角处还会卖那种转盘拨号的老式电话机。商场三楼有一位摆摊大哥，在卖一种叫作"聪明水"的药。大哥看我是外国留学生，赶紧凑过来推销："喝了这个水，会变得特别聪明，考试成绩能有大幅度提升。"

朝鲜的商店和市场，是买不到米面的，因为粮食按照人头直接分配下去。留学生的米面会直接统一发放给食堂。有的朝鲜同学会要求留学生帮他们在中国国内的购物网站买东西。

/ 平壤的柳京商店

有一次，朝鲜老师向我展示我生病期间的缺勤记录，转而又说自己最近皮肤不好，好像在暗示我给她送化妆品。自费生朋友对我说，可以对当地人态度强硬一点，因为他们"欺软怕硬"。

在朝半年，我很喜欢出门遛弯，渐渐熟悉了出门没有地图导航，全靠经验和问路的"探险"，因为手机上网不方便，也逐渐变成了只能拍照的"废铁"。

但在朝鲜出游期间，我时常有种"货不对板"的落差感。我们参观过当地几座名山和瀑布，老师在临行前把它们描述得巍峨壮丽，去之后发现挺荒芜的，有点像小山沟和小水沟。

学校组织过我们去南浦的海边玩，大巴车以每小时40公里的速度晃晃荡荡地开上高速，路修得很不平整，起起伏伏地像在坐过山车。大巴中途抛锚了两次，后视镜都被颠掉了。

不过我很喜欢学校组织我们去各个地方参观，看万景台故居、爬妙香山、在海边烤肉，站在板门店的阁楼眺望，甚至能看到对面的韩国国旗。我想到关于朝鲜的那些影视剧《爱的迫降》《隐秘而伟大》……曾经只出现在影视、书本上的内容，在眼前突然变得生动起来。

离开朝鲜四年，不愿简单评价好与坏

这些年，我偶尔会想起刚去朝鲜的第一天，一位上了年纪的老师带着我们做"破冰活动"，他问眼前的留学生们："你们眼中的朝鲜是怎样的？"

我们客气地给出了很多正面的形容词，"开心""幸福""有趣"……

最后这位老师说道："朝鲜是个什么样的国家，大家可以在未来好好感受。到底是不是很幸福，你们也可以自己来体会。"

去朝鲜前，我曾对朝鲜人的生活和观念感到不解，在中国国内的社交媒体上，经常会刷到化着浓妆的朝鲜少女，神情夸张、动作丰富地朗诵或歌唱表达对这个国家的情感。我觉得她们的表演过于怪异。但直到走入朝鲜的课堂，我发现老师们就是这么教的，这也只是朝鲜人表达情感的一种方式，无关对错。

每逢领导人忌日，我还会在路上看到民众自发地拿着花束，到附近的领袖铜像下献花。很多人边走边哭，哭得特别伤心。我往往震惊又害怕，但在这样的真切悲恸面前，他们跨越了媒体对朝鲜人的刻板印象，变得立体起来，而我也从中窥见了朝鲜人的真实情感。

有时我觉得朝鲜人的生活没什么不好。大家一起上学，一起毕业，一起走上工作岗位，接收内网统一发布的信息，不会因为信息过载而焦虑。

在和朝鲜同学聊天时，我发现他们大多对就业有着清晰稳定的规划。一个女孩说她想当老师，所以现在就要好好读书，拿到好成绩，未来被分配到教师岗位上才能胜任工作。还有一个男生说他想当军人，正在努力朝着目标迈进。

但在朝鲜生活的后期，集体生活过度地挤占了个人生活，又让我感到茫然和迷失。人们的生活像夹心饼干那样，被紧密地压实在一起。

我的身体出现了生理性压抑。我总是感到头晕，躺在床板上，感觉头顶的天花板在不停转动。走在平壤的街道，我好像置身其中，又觉得自己孤身一人。学校托升起我的社交圈与生活圈，我听着耳机里的流行音乐，常常觉得整个世界只剩下自己。

另一方面，人与人之间的联系脆弱易散，尤其是留学生和本地学生间。

2019年10月，我们这批交换生离开了朝鲜，我回到原本的学校上学。生活重新上了"发条"，上课、写作业、找实习，穿梭在都市的人海与车河里。我有时感到恍惚，中国国内的大城市怎么会有这么多人？过去半年在平壤街头，一到晚上八点钟，几乎看不见灯火。

回国后，在朝鲜的日子就像做了一场梦，有种不真实感。我偶尔会想起那些在朝鲜认识的老师和同学，有位教讲读的老师长得特别帅气，知道李阳"疯狂英语"，会在我们的催促下分享自己的恋爱故事。

班级组织海边出游时，朝鲜同学也会给我拍照，记录下那个非常美好的时刻。

但直到现在，如果有人问我："你觉得朝鲜是个怎样的国家？"我依然无法给出答案。

我的脑海中会浮现一个画面，在朝鲜期间，同学们集体去南浦海边。那是我见过最简陋的景点，整片海滩没有任何被开发的痕迹，甚至显得有些脏乱。

湛蓝的海水铺展在眼前，海风掀起白色的浪花。抬眼望去，海天相接，风从远处吹来，轻拍在脸颊上。我仿佛进入了一个无边无际的宇宙，而我正站立着的那片海滩，像是地球上一个被人类遗忘的岛屿。

（本文原发表于"十点人物志"。）

夏村访学记

吕玉华[*]

美国小城市夏洛茨维尔是弗吉尼亚大学所在地，中国留学生亲切地称为夏村。2017—2018 年在弗吉尼亚访学期间，大概是运气好，我们租的房子，三面有树，从客厅到卧室，每个窗口都是炫彩秋色。此情此景，让我以为此地的主人就是树。它们宽容地接纳了人类，给他们提供着庇护。

见识过了秋天的灿烂，就非常期待春天。春天果然没让我失望。

草丛返绿时，各种黄色、粉色、紫色、蓝色、白色的小野花，点缀于草丛间，似有人规划，又全似漫不经心，星星绽放。一簇簇水仙，同样不择地而生，树下、路边、池畔，到处是它们的身影。

更壮观的还是树。连续几个月里，一树接着一树开花，错落有致，云蒸霞蔚。秋有红叶，春有繁花，树们尽职尽责地守护着家园。

---

[*] 吕玉华，山东大学文学院副教授。

/ 树丛中的房子

    我们自家的住处,北窗、西窗、南窗,窗外的树全是开花的树。早樱、紫荆、八重樱、山茱萸,次第怒放,粉紫红白,交错在青枝绿叶间。花影中读书,但闻鸟语,无凉风至,也自以为羲皇上人。

    大概是因为植被繁茂,本地的气候仿佛尽被森林掌握。

    大太阳灿烂了两天,树们说:该来点儿雨了。于是雨就来了,清清爽爽下一场,第二天依旧大太阳。树们说:该来点儿雪了。于是,雪也如期而至,松松软软下一场,第二天接着出太阳。秋冬季节,基本上就这么交替着来。没有久旱不雨,也没有阴雨连绵。

    春夏之交,雨水多起来,也特别有规律,这周多多出太阳,下周就多多降雨。整体气候温和，不干燥也不潮湿。除了经纬度的位置原因，实在应该归功于树。

树太多了，以至于路上能见到的电线杆子全是木头的，一棵棵又高又直，大概是把树削了削就挂上电线了。为避免误判，我们还认真地数过电线杆，的确都是木头的，没有水泥的。

房子也多是木头的。我们旁边的小区正在盖房子，先搭木质框架，再装木板外墙，装饰装饰，就竖起了某某公寓的牌子，简直是个积木工程。亲眼看着它建成，我总算相信了大风能把多萝西的房子吹到奥芝王国。

树能调节雨雪，却左右不了风。偶尔狂风大作的夜晚，树枝在窗外狂舞，屋里电灯忽明忽暗，只能偎在一起讲故事了。

第二天出门，准有路口被封闭，穿着制服、戴着安全帽的人，忙着清理断枝倒树。我们小区外的路口，就有一棵大树从下部折断，倒下来，把整条路都截住了。这树旁边就是木头房子，万一倒在房子上，会不会把这积木给砸倒？

转念一想，我们也住在木头房子里呢。何况树有美感，远胜其他。

秋去春来夏又至，凭栏伫立，眼前绿叶层层叠叠，起伏如柔波，阳光在枝与叶间跳跃；下雨的时候，晶莹的水珠在叶片上滚动，汇成小水流滑落，绿阴愈发醇厚。

说完生活，再说说听课的感受。作为一名访问学者，我在弗吉尼亚大学听课非常自由。只要提前跟任课教师打好招呼，就能坐进课堂旁

/ 弗吉尼亚大学校园

听。有的教授还把我加进了课程体系，我就可以与正式选课的学生一样，在线浏览该课程的全部任务以及阅读资料，还能参与在线讨论。

教授们上课都使出了浑身解数，辅以多媒体，各种提问讨论，还有随堂小测验，生怕学生闲着，从头到尾地刺激他们。相比之下，讲授"欧洲文学史"的康托尔教授上课方式最朴素，就是一个人讲啊讲，不用电脑，不用课件，无招胜有招。

康托尔教授是一位慈祥的老人，矮矮胖胖，走路蹒跚，常常未语先笑，随身拎着一个大文件包，下雨的时候多带一把长雨伞。他衣着相当讲究，总是西装革履打领带。我没数清楚他有几套正装，反正整个学期一直在换。

美国大学着装以前深受欧洲影响，师生都是庄重打扮。20世纪60年代嬉皮士运动过后，学生的着装全面休闲化，能穿短的就不穿长的，能穿舒服的就不穿较劲的，T恤运动鞋大行其道。老师们相对保守一些，但是课堂上不打领带的也逐渐增多。康托尔教授每次都一丝不苟地打着领带，学生们全短袖了，他也是西服外套，与讲课风格相当一致，非常老派。

康托尔教授进了教室，先找垃圾桶，把长方体形状的桶横放在桌子上，桶口朝向学生，桶底冲着自己。他从随身的大包里面，拿出书和讲义，摆在垃圾桶上，开讲。教授站着讲课，放个垃圾桶，眼睛与讲义的距离刚刚好。如果没有这个桶，估计他老人家就得弯着腰才能看清讲义。因此，他宁可摆个垃圾桶，也不坐着讲课。

黑洞洞的桶口冲着大家，仿佛金角大王的宝葫芦，点个名儿就能吸进去。好在教授并不点名，垃圾桶也很清洁，同学们毫无压力。仅有一次，教授照例找桶，那桶恰好在我旁边。我拎起来给他，发现里面有垃圾！教授笑眯眯地说没关系，照样放倒盛着垃圾的垃圾桶。

在美国的大学里，学生课上回答问题，也是重要的考核指标。一般的课上，只要教授提出问题，学生就争先恐后地举手，从来不冷场。康托尔教授也时常停下来，询问大家是否有问题。但是，他经常面对的是整个班的沉默。

这门课从17世纪的古典主义到20世纪的现代主义，按时间顺序介绍了莫里哀、卢梭、歌德、奥斯汀、陀思妥耶夫斯基、卡夫卡等多位作家，分析他们在文学史中的意义及其作品的范型价值。教授学识非常渊博，旁征博引，几乎把相关的欧洲历史、思想史、文化史也择要讲了一遍，又善于关联现实，见解发人深思。同学们忙着记录消化，很难即时提出有意义的问题。

我刚开始上课的时候，整个"蒙圈"了。一节课75分钟不停顿，只听教授滔滔不绝，朗诵原文的时候，抑扬顿挫，绘声绘色，戏剧效果十足。同学们很配合地发出笑声。可是，我连一半都没听懂，全程保持尴尬而不失礼貌的微笑。只能通过课下用功，尽量弥补。学期末的时候，终于进步到听懂一大半了。

我很高兴地向康托尔教授表示感谢，他也很高兴，还特意告知他讲莎士比亚的网络课程，足足48讲。作为英语文学界的著名学者，他的莎士比亚研究尤其成果丰硕，这也可以解释为什么他的朗诵如此出色，估计是莎翁戏剧熏陶的吧。

我现在看了好几讲网络课了，还没发现教授衣服重样，学问好，正装也真多。

故事 人物

看懂墨西哥的悲歌

湃动出海研究院

2007 年，任正非去墨西哥考察时说："喜马拉雅山上的水为什么不能流入亚马逊河？"

当时华为出海，在世界多个国家都建立了自己的商业根据地，但是拉美市场仍旧是一片空白，迟迟无法攻克，是华为全球最落后的、最小的片区。

如今十几年过去，如果你站在墨西哥首都最繁华的地段之一，就能看见标有华为 LOGO 的大楼已经高矗而立，如同一座灯塔，令众多中国企业心生向往。

这两年，我确实听到越来越多中企都开始将墨西哥当成出海最重要的方向之一。尤其是 2023 年特斯拉宣布要在墨西哥建厂后，不少中国汽车零部件供应商都或主动或被迫宣布要在墨建厂。而在此之前，一些中国家居、家电企业也已经在这片土地上落户。

我的一个朋友阿风被外派到墨西哥近三年，他算得上亲眼见证了这一变化，跟我分享了他的感受。

中企外派员工、美国数字游民养活了墨西哥房东

当初，刚到墨西哥，当地人就给阿风先上了一课。

约定好的接机时间出现了延误，40分钟之后，一个墨西哥青年姗姗来迟，热情的笑容让人生不起气。

原本以为迟到只是一个小插曲，没想到却成为贯穿在墨西哥生活中的一部连续剧。墨西哥人骨子里的散漫与漫不经心是刻在基因里的烙印，平时约会迟到是家常便饭，工作起来效率也很慢，这也让阿风的工作遇到了重重困难，这点我们后文再说。

在墨西哥北部，靠近美国边境，有一个城市叫蒙特雷，被认为是墨西哥最美国化的城市，是本国工业资本与一些大型制造业工厂所在地。

但这边的城市情况，跟阿风预想中的有着明显的差距，出国前担心的毒枭黑帮还没见到，就先遇到"价格刺客"。"蒙特雷"，西班牙语Monterrey，原义是国王之山，这里确实四面环山，环境资源紧缺，大多数物资都需要依靠其他地方供应，这也导致这里物价很高，一杯奶茶就要40元人民币。

比起生活成本，生产制造业的成本更高。工厂里绝大部分原材料、零部件都来自中国，花大力气运过来，只为在墨西哥完成最后一步的组装，生产成本要比国内普遍高30%—60%。

这一刻，阿风开始怀疑自己老板的决定是否正确，喜马拉雅山的水流不到墨西哥或许自有它的道理。但在蒙特雷的华富山工业园中，他看见了许多熟悉的名字：顾家家居、TCL、海尔等家具家电企业已经在此建厂。

原来，中企在墨西哥建厂，可以用较低甚至零关税，将产品出口到美国。举个例子，按目前政策，一辆汽车 75% 的部件在墨西哥生产，那么它对美就是零关税。靠着这一优势，2023 年墨西哥已经取代中国，成为美国最大贸易对象。

身边的墨西哥人告诉他，20 年前很难在这里看到中国人，但如今三不五时由大巴车拉来的中企考察团，已经成为此地一道风景线。

当中国企业忙着在蒙特雷建工厂，最早一批出海人正在城内收租。

中国人密集的第二个城市是墨西哥的首都墨西哥城，在这里英语普及率相对较高，方便沟通。在一些偏远地区，大部分墨西哥人都只会西班牙语。

墨西哥的贫富差距极大。墨西哥首富卡洛斯·斯利姆的个人财富相当于全国 GDP 的 6%，国家中 3% 的人掌握着国内 75% 的财富，贫困人口占总人口的 40% 以上。以墨西哥城为圆心，向外辐射 10 公里内，是高级公寓；辐射 30 公里内，是高级别墅；辐射 50 公里内，是大片贫民窟。

阿风现在住在墨西哥城的富人区波兰科，在街头走一走，闻见的全是金钱的味道。这里就像上海淮海路，有着大量的奢侈品店、咖啡店、艺术展厅以及华为等头部中资企业总部。

也正因为各类设施和服务水平高，安全性很好，不少中企外派员工选择在此租房甚至定居，而这也催动了墨西哥城房价不断上涨。数据显示，2010—2022 年，墨西哥房价上涨 128.5%，涨幅已经超过中国。

事实上，美国数字游民也是墨西哥房价的重要推手。

疫情后大批习惯了线上办公的美国人，从加利福尼亚"润"向墨西哥，他们甚至声称："只有在墨西哥，才知道什么是真正的美国梦。"

2024年特朗普的竞选搭子，39岁的詹姆斯·戴维·万斯爆火。他写过一本回忆录《乡下人的悲歌》，一度冲到了图书热销榜第一名，听说最近全美国人都在读这本书。其实这本书并不复杂，讲的是万斯自己的经历，反映了大多数美国白人工人家庭的生活状态，毫无希望，只能靠酗酒吸毒维系不真实的快感，在这些人心中，所谓的"美国梦"早就破碎了。

为了让自己辛苦挣来的血汗钱更经得起花，于是有一群美国人"润"到了生活成本更低、物价更亲民的墨西哥，把美元换成比索，换个地方过日子，消费无须降级，照样当中产阶级。

以2020年搬到墨西哥的美国人阿达丽雅为例，她是一个老师，过去每周需要工作60个小时以上，年入6万美元，搬到墨西哥后，收入下降到3.8万美元，但每周只需要工作15个小时，多余的时间做做自媒体，生活成本也大大降低，三年下来就存了50多万，在这里找到了自己的"美国梦"。

阿凤现在也已经开始盘算着在墨西哥买房，他现在住的公寓每月租金2万比索，房价是350万比索（约141万元人民币），租售比近7%。即便未来涨幅有限，在墨西哥租个十几年也会回本，不像上海的房子，恐怕要一百年才会回本了。

然而，飙涨的房租/房价，对本地人来说可不算友好。很多墨西哥人甚至被迫搬离了自己原来的房子，他们讨厌大批涌入的外地人变相推高了当地的房租物价，让自己本不富裕的生活雪上加霜。

成也美国败也美国　墨西哥黑帮势力增长背后的经济逻辑

不过我更好奇的是："就算投资回报率高，但墨西哥不是遍地都是黑帮毒枭吗？你怎么还敢买房？"

治安确实是外派员工最关心的一个问题。但实际上，"只要你在墨西哥生活超过半年，就会习惯了"。

阿风抱着一种过来人的心态，觉得我过于大惊小怪："并不是黑帮和毒品不存在，而是它们存在的方式与我们过去理解的不一样。"

阿风告诉我，黑帮在墨西哥确实存在，并且已经形成了几大家族，他们的产业渗透到了墨西哥经济的各个角落，通过掌控国家部分经济命脉和一些企业来实现黑帮的可持续发展。

而且黑帮成员也并不会动不动就火拼，他们更像《教父》里的黑手党，有着独属于自己的一套通行法则。如果有事，当地人甚至会去找黑帮来帮忙主持公道，他们比警察效率更高，解决得更快。

黑帮与政府警察之间已形成一种高度的默契，各有各的管理边界。对警察来讲，只要黑帮没有危害社会安全，不无故枪杀无辜的路人，警察就没有理由去抓他。而对黑帮来讲，不到万不得已，也犯不着去招惹警察。

虽然在墨西哥偷盗抢劫的事情常有发生，但呆在相对安全的州，也可以正常生活。

而说到毒品，这就牵扯到更深层次的美墨渊源。墨西哥一直流传着这样一句话："可怜的墨西哥，离天堂太远，离美国太近。"

早在19世纪，墨西哥就因和美国打仗割让了大片土地，其中包括加利福尼亚、内华达、犹他、亚利桑那、新墨西哥以及科罗拉多的一部分，这几个州原本都是墨西哥的领土。

如今，美墨两国有着长达3200多公里的边界线，大部分地区都是沙漠，曾经特朗普为了控制从墨向美的非法移民，还提出要筑起一道高墙，甚至要求由墨西哥政府来支付这笔高达200亿美元的筑墙工程。

在美墨边境，贩毒和偷渡一样猖獗，两国因经济利益更紧密地捆绑在一起。

美国吸毒人口超3500万，是全球最大的毒品消费市场，这为墨西哥的毒品生产和贩运提供了巨大的需求和利润空间。

根据数据统计，墨西哥90%的毒品都销往美国，每年美墨之间的毒品交易额高达800亿美元，这已经超过了世界上许多国家的GDP。毒品的销售利润近乎是原材料价格的50倍，拿着大把的钞票，墨西哥毒枭们在边境购买军火，据说墨西哥最大贩毒集团，兵力高达13万。

美国毒品市场的需求量刺激了墨西哥等拉美国家的毒品生产和走私活动，而通过走私获得的报酬壮大黑帮势力形成闭环。

特朗普竞选时曾喊话，如果当选总统，将考虑派出"暗杀小队"，对墨西哥毒枭实施"斩首行动"，但墨西哥也存在基层官员腐败问题，有研究者提到，毒枭是政府的好朋友，是政府解决社会就业、赚取外汇、顺便捞点油水的战略合作伙伴。

墨西哥经济高度依赖美国，其 GDP 增长曲线都与美国高度趋同。成也美国，败也美国，这几乎成了墨西哥的宿命。

墨西哥赚钱墨西哥花 一分也别想带回家

"现在中企老板都在制造业中找机会，但在我看来，墨西哥其实是零售业的天堂。"

阿风之所以这样说，着实是被墨西哥人"伤到了"，刚到工厂的时候，他天天被墨西哥员工教做人。

阿风说，就像《海外征程》里说的一样，中企高管来到墨西哥，似乎总要经历三个阶段——刚到时，都志气满满地说："我来了就是降维打击，一定能搞定客户。"过了一阵受挫改口："客户都是白痴。"到了最后被彻底打击后说："不是我的原因，是客户刻薄，当地员工太垃圾。"

在墨西哥人的脑海里，mañana（明天）的概念根深蒂固，他们认为时间是灵活多变的，你休想以对中国人的速度来要求墨西哥人。

比如你跟墨西哥人约一周后的事情，对方答应得好好的"没问题啊"，结果当天不确认等于没约，他们就是会忘掉。再比如要退一批货，上面要写明数量及退货原因，这种毫无难度的工作一两个月都走不完流程，即便他们面带笑容帮你忙乎半天，结果没有解决任何问题，甚至越帮越忙。

在墨西哥，"最后期限"完全不是生产力，最终往往要么牺牲品质、要么牺牲交期。

而且，墨西哥人很直接、一根筋，你告诉他们怎么样做他们就怎么样做，所以从这点来看，欧美、日本企业更容易在墨西哥快速适应，他们有完善的企业管理流程，墨西哥人学起来快，也容易上手。

也曾有中国企业不信邪，希望通过培训当地的中高层主管来改变现状，结果变成了墨西哥员工"整顿"中企职场，经过一年半的努力之后，经理级的人全部换成华人。

与工作相比，墨西哥人注重生活品质，看重家庭和家人，热衷于文化传统和宗教庆祝活动，希望平衡工作和个人生活。

阿风的墨西哥同事曾吐槽说中国人家庭观念淡薄，他大为不解。在墨西哥人看来，这种一个人出国打工、把家人留在国内的行为是不负责任的。在当地人的文化观念里，家庭占据着核心地位，年轻人的派对多集中在工作日晚上，因为周末他们要陪伴家人、参加家庭聚会。

所以，中国企业高管往往要多投入时间和精力与员工去建立私人关系，而不只是工作搭子。在工作之外花时间和同事闲聊，对他们的生活表现出真正的兴趣，参加他们的社交聚会，维系同事间或上下级之间的关系，只要聊得好，大家都是兄弟。

"在墨西哥生活分裂感非常强，一边受不了墨西哥人的效率低下和不靠谱，但一边又觉得每天都是轻松愉快的氛围。"

但做零售行业的老板很喜欢墨西哥，因为当地人无论有没有钱，都

/ 墨西哥城的中国义乌国际商贸城

热衷消费，没有储蓄习惯。

2021年，墨西哥城开了一座高达16层楼的中国义乌国际商贸城，每层5000平方米，加上地下两层共10万平方米，总共1500个店铺，周末高峰时，有近45,000位消费者在这一栋楼里。

义乌国际商贸城的老板林总在一次采访中说，在墨西哥做生意就像在村里开一家小卖部一样简单，跟中国八九十年代时很类似，很多事情都有操作空间，用钱几乎能摆平所有问题。

有意思的是，就在前几天（墨西哥时间7月11日），林总的义乌国际商贸城被强制关闭封锁，墙上贴满红头文件，门口还有武装看守，突如其来的大阵仗让人猝不及防。

按照官方说法，这次关闭大楼是由于商户经营缺少必要的文件，有300吨货物被没收，如要重新开场还需要巨额资金。看来想要长远地打开墨西哥大门，只靠砸钱，力度还是不够。

水土不服向来是出海的一大难题，这类问题可大可小，处理好了或许能为品牌加分，一旦出现失误很可能引发更大的风险。

或许可以学学名创优品。名创优品墨西哥代理商通过跟首富卡洛斯·斯利姆合作，让后者以33%的股份入股，靠着双手奉上"保护费"，把名创优品的店面开到了爱马仕的对面。

写在最后

过去，与世界上其他地区相比，墨西哥好似一个被人们遗忘的地方，墨西哥人按照自己的节奏缓步前行。

但现在，墨西哥正乘着美国政策的东风在不断发展，甚至有人认为世界经济的"墨西哥时刻"正在到来，这股飓风也吹乱了墨西哥人的步伐。

或许，喜马拉雅山的水，始终都不曾在墨西哥停留，他们从一开始便只有一个目的地。

（本文原发表于"进击波未来商业"微信公众号，原文题为《外派墨西哥三年，才看懂墨西哥的悲歌》。）

迪拜创业日记

孙欣[*]

"迪拜常住人口大概 376 万，而这 376 万人中包括了差不多 200 多个不同国籍和民族的人。"Supsop 创始人张伟看到这组数据时感到震惊。

2021 年，河南商丘人张伟来到迪拜开始准备创业，视觉上的冲击令他印象深刻：街上的人不同的肤色和服饰，他们彼此沟通时英语口语各有特色，基本都要加上一些肢体动作。中东，地理范畴上指的是西亚和北非的部分地区，20 多个国家，约 5 亿人口，这些毗邻的国家发展极不均衡。其中的沙特阿拉伯、阿联酋、卡塔尔、科威特、阿曼以及巴林，这 6 个国家共同组建了一个名为海合会 GCC（海湾阿拉伯国家合作委员会）的组织，被称为"海湾六国"，人均 GDP 约是全球平均水平的 3 倍，这里有两大世界闻名的特产——石油，以及富豪。于是中东成了全球投资机构的关注焦点，也逐渐成为各企业奔赴的淘金热土。

---

[*] 孙欣，《中国企业家》杂志记者。

2024年4月，美国管理咨询公司科尔尼发布了《全球2024年外商直接投资信心指数报告》。《报告》中指出，阿联酋、沙特在全球外商直接投资信心指数排名中分别位列第8、14位，均比2023年上升10个位次。在新兴市场专项排名中，外商直接投资信心指数排名前三的是中国、阿联酋、沙特阿拉伯。常被提到的"中东热"中，主要指的是沙特与阿联酋，而这两国也正是中国在中东地区贸易的主要合作对象。据DMCC（迪拜多种商品交易中心）数据，截至2024年7月已有约6000家中国企业在阿联酋开展业务。2023年上半年，仅在迪拜一座城市，就有664家中国企业成功落户，截至2024年上半年末，约有5400家中国公司注册成为迪拜商会的活跃成员。除了大型国企、大厂们集体奔向中东这片热土，不少带着淘金梦的创业者也纷纷奔向这里。

下面的见闻来自多位在迪拜扎根和正在扎根的创业者。

"我在迪拜炒酸奶，有顾客扔金块给我们"

张伟是一个产品主义者，这是优势，也是桎梏。作为迪拜首家手打冰激凌品牌 Supsop 的创始人，张伟目前在当地经营着十多家自营店。在他展示的视频中，Supsop 类似于国内的炒酸奶。将奶制品与芒果融合，在炒冰机上翻炒成硬冰沙状，形成一杯芒果口味的手打冰激凌，这就是 Supsop 的爆款产品，芒果手打冰激凌。

张伟曾在上市科技公司做高管，负责公司投资业务，长年对消费市场进行评估调研。2020年，新茶饮赛道各品牌开始进行IP打造，他对新茶饮的手打柠檬茶十分看好，并毅然决然辞职开始创业。于是张伟只身来到全国最大的柠檬基地——广东江门，租了一辆车，在广东烈日下跑遍了江门的每一个镇子进行调研。"香水柠檬这个品类是 20 世纪 70 年代中国科学院用东南亚的柠檬基因改造而来的。我第一次听说就很感兴趣，了解到整个广东也只有两个园子有，产量极其之少。而且它皮脂的油能带给大家很强烈的一个冲击感……"张伟兴奋地介绍他在江门发现的香水柠檬。充分的调研让他成了"柠檬专家"，但长时间的钻研让他错失了融资机会，错过了最佳入局时机——彼时已经有两家香水柠檬品类的企业成功融资并开始扩大规模。

与此同时，多次往返迪拜的张伟了解到迪拜的新茶饮市场还处于空白状态，"不同于国内新茶饮的发展周期，迪拜现在的新茶饮处于非常初期的阶段"。迪拜位于中东地区的最中央，几乎只有夏天和冬天，夏天平均温度达到了 45 摄氏度，部分地域能达到 50 摄氏度以上，即使是在冬季，气温也在 7—20 摄氏度左右。"没有人会不爱冰激凌。"张伟想到了国内的炒酸奶，融合本地人对冰激凌的热爱，Supsop 手打冰激凌就诞生了。但迪拜却没有张伟心心念念的"柠檬"。包括迪拜在内的整个阿联酋，地处于沙漠地带，毗邻波斯湾。从海水数尺之外的海滩开始，沙子覆盖的地面一直延伸到内陆深处，淡水资源匮乏，植被相对稀疏，只有存活率极高的椰枣树偶尔出现在沙漠上。

迪拜果蔬基本都要靠进口，这让执着于原材料、口感的张伟犯了大难。据张伟介绍，如果从国内引进原材料，在常温可以很好保存的情况下，从中国到阿联酋海运时间大概在 35—40 天，果类需要冷冻或冷鲜，这就是很大的成本。于是，不同于其他新茶饮出海选择部分供应链国内发货，张伟选择在当地采购。"每年 12 月到次年 4 月，我们会使用也门的芒果，5—7 月就会使用巴基斯坦的芒果，7—9 月就会考虑使用南非的芒果，9—12 月，我们会使用埃及的芒果。基本上全年仅芒果这一个品类，我们就要换四五种。"张伟解释。多民族的聚集地，餐饮的口味本地化相当关键。"酸奶和牛奶这些口味是全球人都能够接受的，阿拉伯人也好，东南亚人也好，中国人也好，大家都很喜欢芒果。"保持一贯的产品思维，张伟提前调研了阿联酋官方贸易网站的水果数据，他发现芒果、牛油果、草莓是当地人接受度很强且贸易进口容易的水果，而这也是 Supsop 的几款爆品。对迪拜所有的官方数据网站，张伟都熟记于心，而他对口味本地化的研究，也得到了客户的肯定。"一位当地七十多岁听障老爷爷，连续吃我们的炒酸奶好多天后，直接扔了一块金块给我们，表示非常喜欢产品，我都呆住了。"这戏剧性的一幕就发生在张伟的炒酸奶店里。

11 月，张伟的 Supsop 在一夜市中以小摊形式试营业，开业第一天就出现了排成回字形长队的情况。2022 年 2 月首店正式落地，仅一个半月，张伟就迅速开出了第二家店。为了规模化，张伟把当时几乎所有的好位置都列入范围内，目前已经开出十多家自营店，也正将店面全部改为商场店。"一位韩国客户旅游七天，吃了十多份炒酸奶，为了吃我们的产品把旅游时间又加长了好几天。"

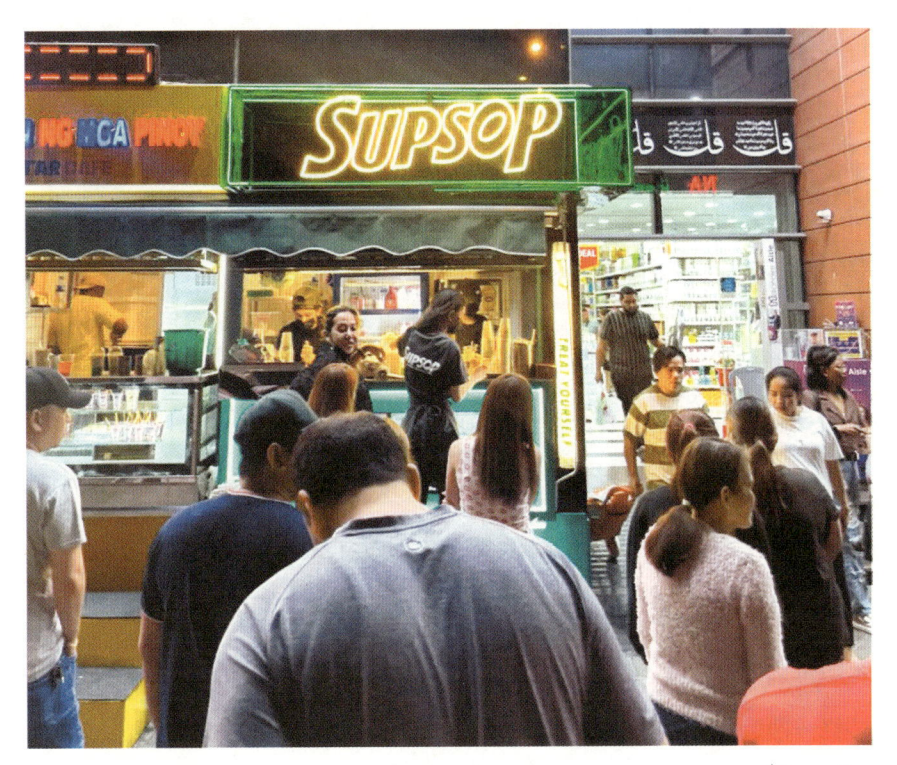

/ Supsop 门口

身处中东这个国际化背景下，除了供应链，张伟在团队搭建上面也做足了本地化。张伟介绍："我们第一家店只有我一个中国人，现在店里员工中国人也很少，有印度的、缅甸的、菲律宾等多个国家的。"他的这一套打法在迪拜迅速为自己找到通道，但他也表示："来中东不是降维打击，企业过来创业要考虑不同的文化、民族等各种问题。"

做过高管，做过投资，高才生张伟在迪拜终于成就了自己的产品主义梦，而采访中他多次提及创业初心——柠檬，即使目前迪拜还没有喝柠檬水的习惯，但未来有一天，神秘的中东地带或许会刮起属于张伟的柠檬风。"多民族""多文化"，这不仅是张伟采访中提到的高频词，对于风逸设计创始人冯振泰来说，也是一个头疼的问题。

"皇室客户装修时，也要一分钱一分钱砍价"

"有个皇室客户，他们想让我们设计得现代一点，但还要符合他们的伊斯兰文化。这个要求下，前前后后光是设计方案就搞了半年。"设计稿一个月出一个版本，冯振泰一共出了六版，到了装修前又推翻改了一版，这个客户让他印象深刻。冯振泰补充，进入装修环节后更是十分头疼，这位皇室客户在谈价格时一分钱一分钱地砍，后面施工过程中还来回推翻方案。而这并非个案，这类头疼的客户在迪拜有很多。国内的装修一般为商用、居住或租住，无论是哪一种用途，高效率地完工是重要指标。与国内不同，迪拜的房屋、别墅一般都是由富豪二代们继承，他们不急着入住，工期对他们来说完全不在考虑范围内。而富豪们在装修时锱铢必较的原因，则跟迪拜当地购房政策有关。迪拜购房政策中，无息贷款一般为200万迪拉姆（折合人民币约400万元），这可以包含购买和装修，所以很多投资者无所谓装修设计。除去购房的150万迪拉姆（折合人民币约300万元），只需把装修款控制在50万迪拉姆（折合人民币约100万元）以内，相当于就可以享受无息贷款装修的政策。"有钱客户很多，但是在设计方面真的不愿意花钱，甚至很多印度、巴基斯坦装修公司设计不要钱，只收施工的钱。"

复杂的政策背景，不同文化习惯的客户，以及来自不同国家的竞争对手，这是冯振泰来迪拜前完全没有想到的。2008年，毕业工作一年多的冯振泰在北京建工的分包公司做室内设计师。也是因为这一工作，他主动申请外派到了迪拜。"我算是国内来迪拜淘金热中的第二波，第一波是上个世纪八九十年代到2000年前后，第三波是这几年掀起的中东热。"冯振泰说。

据阿联酋商会数据，2024年在阿联酋居住的中国人是40万人，而1990年，整个阿联酋的中国人约2000人。上世纪80年代末90年代初，中国与阿联酋两国高层交流与访问颇多，这期间第一波淘金者来到迪拜。这时的阿联酋正力求摆脱石油依赖，大力开发港口贸易补足国内物资。1985年，迪拜政府成立了总面积达48平方公里的杰贝阿里自由贸易区，该自贸区所在企业可拥有100%的所有权，无须当地担保人，而且还可以免交公司所得税和个人所得税。"当时缺物资的程度到什么程度？想买东西的人就在码头守着，集装箱直接不用到港，到了马上就卖掉，一抢而光。"冯振泰说。

据了解，当时，上海外贸、河北外贸、河南外贸都在迪拜设立了分公司。龙城是冯振泰刚到迪拜时落脚的地方。距迪拜老城区城东南面15公里的沙漠中，一条长条龙形、约1.2公里的建筑坐落在 Al Awir 路沿线，美睫美甲、东方名茶、杭州小笼包、百姓大药房、云南过桥米线等店铺在道路两边排列着，所有的店铺上都挂着中文店牌。如果没有特别提示，这里看起来就像是国内某县镇街道。实际上，这里是中国在海外建立的规模最大、投资最多的商品集散贸易中心——迪拜龙城，占地约18万平方米，拥有中国商铺约3500家。

据冯振泰在当地了解，2000年在中国驻阿拉伯联合酋长国大使馆经济商务部和中国驻迪拜领事馆的协助下，由中国中东投资贸易促进中心与迪拜杰贝阿里自由贸易区共同组织实施，由迪拜酋长私人开发公司兴建了Dragon Mart，中国人称它为"龙城"。"等于说把义乌小商品城搬到了迪拜的感觉，很多国内小商家在这里赚了很多钱。"冯振泰介绍。而也正是在2000年，中国首次取代日本成为迪拜的头号进口贸易伙伴，迪拜从中国进口商品金额为25亿美元，占进口总额的9.23%；2002年，中国首次成为阿联酋最大出口国；2003年中国商品占阿联酋全年进口份额的11.3%，达到了43.8亿美元。21世纪初，电子电器、服饰、鞋、纺织品等品类成为"中国制造"进入阿联酋的起点。"当时看起来挺好的，但现在过了这么多年一直没啥特别大的变化，现在去龙城那边看起来像国内的一个农村或者城中村的感觉。"冯振泰观察发现，不变的不只龙城的建筑外观，几年热度过后，进入次贷危机后的迪拜仍经历了一段时间的冷静期。"（龙城）小商品交易很火爆，但当时生活区的条件比较艰苦。因为房租较贵，大多都与不认识的人合租一间公寓里的一间卧室，甚至一个上下铺的床位。"冯振泰回忆刚落脚时，还曾遇到男女混住的情况，早些年没有网络，还有老鼠。次贷危机余温下，冯振泰所在的装修行业受到巨震。2009年《经济观察报》发布的《温商迪拜沦陷记》报道中，记录了温商（温州商人）迪拜炒房现象。2000年迪拜开放政策允许卖房给外国人；2005年前后，迪拜温商开始炒房；2008年顶峰房价比2004年涨了600%，国内温商蜂拥而至，然而经济危机爆发，迪拜房市一度跌回2003年水平。2016年《南方人物周刊》的一篇报道中，一位在龙城二期做电子产品生意的华人，某天只卖出了两件商品，几乎每天都要倒贴钱。2013年前后，互联网席卷全球，不少考察团、互联网公司的眼光又开始逐渐落向迪拜。

2020年后，迪拜又火了，和张伟差不多时间入局的人形成了第三波迪拜热：只要存款200万迪拉姆2年以上，就可申请10年黄金签证；迪拜还建立了中国小学，中国孩子可以和国内一样，从小学上到初中，这是目前在海外设置中国学制的唯一一所中国学校。据DMCC数据，2023年在阿联酋的华人有22万人，而目前是40万人。在第二波热潮中随市场沉浮的冯振泰，无奈做了一段时间的自由工作室，在龙城二期的开发中迎来了自己的柳暗花明。龙城二期开发，交易中心对中国商铺店面有了更高的筛选标准，冯振泰迅速嗅到了商机：与其死磕多元背景的客户，不如抓住现成的华人客户。而后，他找了两个合伙人负责施工队，将工作室迅速改为公司。"商场二期一共300多户，100多户都是我做的。虽然目前为止，整体上龙城二期没有那么成功，但是小小地成就了我。"冯振泰说。华人客户是当前冯振泰的风逸设计最大的业务基本盘，怀揣着财富梦想的冯振泰靠着"卖铲子"，现在实现了财富自由。公司目前所承接的项目以中高端路线为主，主要做室内设计、品牌包装、VI设计等。做的项目也从华人客户向本地客户拓宽，从展厅、办公室、便利店、俱乐部、奶茶甜品屋等项目逐步延伸，现在还为许多来到迪拜的国内大公司、大厂做设计。中东热下掘金人一波接一波，而如同冯振泰在迪拜的卖铲人也不在少数，迪拜最大华人房地产公司——德世迦美丹的 CEO 闯家辉也是。

"来迪拜的华人很多，但外国人更多"

买房，是一个世界公认的重大决策。闯家辉曾在国内做过 4 年的船体设计，面对一眼望穿 20 年后的工作，他毅然决然开启自己的"迪拜梦"。他的"迪拜梦"从旅游行业开始。刚来的前几个月，旅游行业无疑是一个好的选择，既能快速找到工作赚到钱，又能快速了解迪拜。然而已做好准备，拿着 4 年的积蓄来到这里，迪拜的消费水平对闯家辉来说，依旧是高的。短短 7 个月，闯家辉便花光了手里的钱，"出生在农村家庭，也没有什么资源，当时我都已经准备回家了。但心里憋着一股劲，谈不上阶级跨越，但至少要破圈改变自己，刚开始的目标就是至少要赚到娶妻生子的钱。"绝境之时，闯家辉进入一家国际房地产公司做房产顾问。"在我们团队里面，他们大部分是阿拉伯人。我的英语已经很差了，他们还说波斯语，语言成了我当时最大的困难。我就用自己拙劣的英语，配合手机翻译和肢体动作，把能用的都用上了。"闯家辉坦然地讲述工作初期时的窘迫，他还表示："这没什么不好意思的，只要能做好服务就行。"语言可以学习，但文化是最大的壁垒，很多沟通上的矛盾始终无法克服。他尝试对接过外国合作伙伴或者同事，发现他们

/ 街头劳工

将服务领域分得很细，不在自己的职务范围内就不会做了，这意味着极长的沟通链条和极大的沟通成本。最终闯家辉同几个中国同事商量，决定凑在一起做一个中国人的公司。

创立公司后，他十分重视之前的服务问题，比如在为客户置办租赁房产时，从客户落地迪拜去接机，到帮助客户办理银行卡，再到帮助客户落脚、找工作等，他创办了一套属于自己的全链条式服务。如同每个中国人都有一个中国胃，这种"中国式服务"很快赢得当地华人的心。"华人的服务就是全世界最好的服务。"闯家辉表示。目前，闯家辉所创立的德世迦美丹公司已有5个分公司、160个经纪人，他每天接触的交易金额在几百万元左右，是当地华人创立的最大房地产公司。但这样的规模，他说在整个迪拜房地产行业，还排不上号。迪拜的房价是不贵的，约 2 万元 1 平方米，且从 2021 年开始到现在，迪拜的房地产平均每年上涨幅度在 15%—30%，行业发展积极。据阿联酋公告，各地政府通过发放居留许可等举措来促进房地产市场活跃度。"全世界都有个共识，华人很有钱。"闫家辉说。有这样感觉的不只闫家辉，张伟、冯振泰也表示，华人面孔增速惊人。"尽管这几年华人越来越多，但对迪拜来说，华人只是十分之一，市场很小。"闫家辉补充表示，中东热下，来迪拜的华人很多，但外国人更多。他还举例："比如说华人是来多了，从原来的 1 个到了现在的 5 个，但是欧美可能来了 10 个人，印度可能来了 20 个人。"据闫家辉介绍，按照十年为周期，近十年在迪拜买房排名第一的是印度人。而这十年间是一直有变化的，2015—2018 年有一段时间中国人是在前五的，其间印度人有阶段是迪拜最大的投资客，俄罗斯人也有一阵子是迪拜最大的投资客。从 2023 年初到现在这一年半的时间里，他看到的投资迪拜房产最多的是英国人。"行业的龙头也一直在变换，几乎 2—3 年就会更换一个。"闫家辉说。面对多民族、流动性的投资群体变化，闫家辉在公司内创建了不同的国际业务组，每个组专攻一个国家，各个组的成员也大都由目标客户国家的人组成。最近，闫家辉还准备成立一个印度组，组建一个全是印度人的团队，因为印度人口多，市场是很大的，未来也有规划往国内的华人市场拓展。

来中东，不是降维打击

火锅是地道的中餐，而在阿联酋的一家海底捞店内，冯振泰震惊地发现，坐满了不同国家的人，反倒在华人聚集区——龙城内，一家海底捞都没有。"这几年我发现火锅这个东西已经被大部分老外接受了，全世界人都能吃火锅。这是最近这几年才发生的，以前火锅老外也吃不了的。"冯振泰说。海底捞是近几年中东热潮下，在迪拜公认的成功出海的中国品牌之一，除此之外还有一大批品牌和大厂也奔赴在中东掘金的路上。6月，协鑫科技等国内三家光伏企业先后披露了赴中东建厂的计划；董明珠在 SNEC PV+ 第十七届全球光伏大会上透露了对中东市场的重视，特别是在沙特，格力电器已建设了沙特光储空调应用项目；据 Canalys 数据，按智能手机出货量计，2023 年小米在中东市场稳居第二；2021 年，字节跳动就投资了总部位于迪拜的物流公司，旨在解决电商物流配送问题；比亚迪、蔚来等新能源车企也已纷纷入局中东市场。

中国与迪拜之间的贸易往来可以追溯至几世纪以前。仅 2013—2022 年，双方的非石油贸易总额达到 4590 亿美元，2022 年中国与阿联酋之间的双边贸易额已达到了 992.7 亿美元，单单 2023 一年非石油贸易额就高达 678 亿美元。中东现在相当于 20 年前互联网发展初期的中国，各行业都在蓬勃发展。闯、冯、张三人分布在迪拜的不同行业，但在谈起迪拜当地创业实况时，总是惊人地一致："多民族""多宗教""文化冲突""沟通困难""机会很多""蓝海市场"是他们在采访时提到的高频词。对于给去中东的企业、创业者们的建议，他们都认为即使中东是一片蓝海市场，但来中东并非降维打击，要做好面对复杂交织文化的准备。"迪拜，是了解中东的一个窗口，不只可以辐射其他中东国家，还可以远达非洲市场。"在迪拜 16 年的冯振泰多次强调。但沙特仍是一片热土。中东 20 多个国家中，沙特是最大的经济体，面积、人口、经济总量均占海湾六国的一半以上，中国的企业们自然不会错过。依据阿联酋国民银行统计，中国企业 2023 年对沙特的直接投资达到了 167.5 亿美元，占沙特当年外商直接投资总量的 58%，该投资也是 2022 年中国企业投资沙特 14.7 亿美元的 11.4 倍。"2023 年我在沙特几乎全年无休，都是国企、投资机构来考察的。"在沙特的华人向导陈青表示。

（本文原发表于《中国企业家》2024 年 10 期，原文题为《迪拜创业日记：收到小费是金块》。）

在巴尔干地区，我尤其感到外部世界的虚伪

王佳薇 姚雨丹[*]

踏足巴尔干半岛这片土地之前，柏琳做了五年文化记者。平日采访西方文化学者，涉及东南欧文学时，南斯拉夫总是她绕不开的一块"难啃的骨头"。

过往，关于南斯拉夫，柏琳最常看到的叙述是：1918年成立，冷战期间，铁托领导下的南斯拉夫与斯大林领导的苏联决裂，也拒绝投靠美国，因此成为一个不结盟国家，并在国际政治中保持相对独立的地位——其中的历史纠缠被一笔带过，"它经常被讲述，但就像默认的标签一样，就这么划过去了。文学上关于东南欧的巴尔干半岛也是缺席的，比如迄今为止唯一一拿过诺奖的作家伊沃·安德里奇，很少有人读过他的作品。"

巴尔干半岛是一个地理概念，从地图上看，南斯拉夫只覆盖了一部分。20世纪末，除了塞尔维亚和黑山，南斯拉夫几个民族国家斯洛文尼亚、克罗地亚、波黑和马其顿相继宣布独立，随后陷入内战。21世

---

[*] 王佳薇、姚雨丹，《南方人物周刊》记者。

纪初，巴尔干半岛上经历了若干冲突和紧张局势，但没有像20世纪末那样大规模的内战。2006年，黑山通过公投独立，南斯拉夫彻底解体，成为黑山和塞尔维亚两个独立国家；两年后，科索沃宣布独立，但至今未被塞尔维亚承认。在历史和民族矛盾的阴云笼罩下，这片土地迅速见证了厮杀、边界划分以及互为仇敌，南斯拉夫成为一个历史国家。

2017年，柏琳辞去媒体工作，搬去俄罗斯的彼得堡小住散心。在那里，她开始思考困扰自己已久的边界问题，"人跟人交往的界限在哪里？爱与理解，如何被人为的边界所隔？历史上是否存在一个没有边界的地方？"

那时她偶然看到《地下》——一部讲述导演埃米尔·库斯图里卡对南斯拉夫复杂情感的电影。像某种指引般，一年后，带着这些疑问，柏琳抵达塞尔维亚，"几乎无法解释，为什么一个不通斯拉夫语的遥远的东方人，会在塞尔维亚产生一种热乎乎的感情。"她在2024年出版的《边界的诱惑：寻找南斯拉夫》中写道。

"我亲身体验了在后南斯拉夫时期四分五裂的土地上人们如何认真生活，目睹了那些经历20世纪80年代内战悲剧后的幸存者如何故作镇定地重新适应一个新世界，感受到历史幽灵的碎片穿插在日常生活的缝隙中，从而让彼此的嫌隙重新生长出新的边界，凡此种种，让我对一刀切的肯定和否定都产生了排斥。"

初读《边界的诱惑》，你很容易被其中丰沛的情感所感染，而写作者本人也像她笔下流淌的文字一样。2024年7月，《南方人物周刊》记者在北京见到柏琳，一起聊了聊她行走和记录南斯拉夫国家的见闻，以及她那些有关边界的困惑。她的话很密，几个小时的采访转换成文字，接近150页。

柏琳的好友、作家赵松说："柏琳是一个富有激情的人，并不老于

/克罗地亚的萨格勒布艺术展览馆

世故,和她书里写的塞尔维亚人有种天然的相似。她也有着很强的感受力,当她去某地旅行时,并不是一个旁观者的姿态,而是打开自己的感官去感知当地。"

也因此,在赵松看来,《边界的诱惑》并非单纯的浮光掠影般的旅行书写,"它呈现的是一个有血有肉的人在现场如何感知普通人的痛苦、爱恨与历史。背后是作者很深的同情"。

新书出版后,柏琳在许多次采访中说这不是一本关于南斯拉夫的"百科全书",而是她一个人脚下的南斯拉夫。从2018年第一次踏上巴尔干半岛开始,过去六年,她不断往返这片土地,因新冠疫情中断的三年，她整理记录下的文字，出书，继续学塞尔维亚语。

这些年，边界在变化，她也在变化。我们的对话由这些变化展开。

在巴尔干行走时，我开始思考自己的女性身份

《南方人物周刊》：书中写的几个地方并非按照你探访的时间顺序编排，你是怎么决定目的地的先后顺序的？

柏琳：这本书现在编排的逻辑，概括地说，是这四个国家对于南斯拉夫这个已经不存在的国家的感受和心理距离。从斯洛文尼亚到克罗地亚到波黑，再到塞尔维亚刚好是由远及近，相当于我拉了一个广角，沿着它的海岸线慢慢深入内陆。因为克罗地亚和波黑的关系更紧密，所以我选择写完斯洛文尼亚，继而写克罗地亚，再到波黑。波黑的首都萨拉热窝是集中爆发冲突最惨烈的地方，也是帮助我们理解地区悲剧的锚点。塞尔维亚被我放在最后，我理解的南斯拉夫问题的核心是塞尔维亚问题，这一部分还没写完，现实原因是新冠疫情中断了我的行程，我第二本书会展开。

《南方人物周刊》：在克罗地亚的首都萨格勒布，服务生菲卡告诉你："自从1991年的那场战争（第一次克罗地亚战争）后，每个到巴尔干来的外国人，差不多都是来提问的。我遇见过太多这样的外国人，他们都觉得和我们聊聊天就能找到某种答案，但没有外国人能真的了解巴尔干。"听到这句话时你怎么想？关于历史和战争的话题，往往由你先提起？

柏琳：我最开始听到时觉得是挑衅，但我比较擅长在短时间内跟人建立起相对强的连接，所以我必须卸下一本正经的、很无辜的外国人形象。本质上，一个30多岁的女人和一个50多岁的女人相遇，她们可能会聊"你来自哪里""现在在做什么""为什么来到我的国家""你喜欢什么"。我和菲卡也聊这些。

书中内容做了文学化处理，有些对话你看到可能觉得怎么刚认识就聊了这么多，其实它们是有感情基础的，我不可能拉着只见了一次面的人就大谈克罗地亚在纳粹时期的历史，那太功利了。

《南方人物周刊》：你怎么向别人介绍自己？

柏琳：我说自己是一个背包客，也写东西，做一些访谈的工作。我也会在一开始强调自己不属于任何机构，他们对这一点还挺敏感的。但更深入之后，我发现没有身份也是一种尴尬，比如我当时想去萨格勒布的档案馆，进去之后发现由于自己既不是研究员，也没有官方派来的证件，所以有些档案是不能看的。还有一些官员的接待，因为我没有组织身份，所以没有机会和他们聊聊。

《南方人物周刊》：刚刚你说因为这本书开始对自己的女性身份有一些反思，在巴尔干行走时，哪些时刻让你有了这些思考？

柏琳：在塞尔维亚时，我得到了官方很热情的招待，他们很欢迎我看档案馆的资料，但当我提到一些比较野的领域，比如我想去难民营，也想跟当地的寡头聊聊天，这些请求会被礼貌地拒绝。一开始我不理解，后来我一个在本地做官员的朋友劝我还是不要尝试了，我问他是不是因为我是个外国人所以不行，还是觉得不安全。他说也有这些原因，最重要是因为我是个女人。

"更欧洲"就更文明吗？

《南方人物周刊》：在巴尔干半岛，不同代际的人对战争和历史的态度也颇为不同。书中写到许多年轻人向往西欧的生活，比如你在萨拉热窝时的房东埃米尔，他的生活、消费以及接触的文化都是非常全球化且中产阶级的。他认为只有落后地区的落后的人，才会被民族主义的陷阱吸引，对待曾经的战争记忆，他觉得生活更重要，而萨拉热窝如果想变得"更欧洲""更世界"，需要的是教育、购物、工作和旅行。类似埃米尔这样的青年你一定遇见过不少，在他们眼中，所谓欧洲的具体意象是什么？

柏琳：埃米尔消费的都是一些符号，比如他要看英超的比赛、用瑞典的地板。在许多像埃米尔这样的年轻人心中，欧洲也是一串符号的集合——文明、理性、优雅、受教育程度高、相信进步和秩序。秩序非常重要，不像巴尔干半岛这种无序——贪污腐败、政治不透明、民族主义盛行。他们向往的其实是他们所处环境的反面。

但我也觉得这十分天真，就像我的塞尔维亚朋友说的，"没有什么真正的民主和自由，西式民主不过是让你选可口可乐还是百事可乐"。

《南方人物周刊》：巴尔干半岛被称作"战争的火药桶"，实际上，这里二十多年来未发生过战争，除了少量领土主权争议外。当地人怎么看待这种污名？

柏琳：大家其实很摆烂，也懒得解释，这是我觉得他们比较消极的地方。我在书里写过一位贝尔格莱德（塞尔维亚的首都）的理发师，他的母亲住在克罗地亚，他住在塞尔维亚，由于内战等原因，他再没有回去过。他家里除了他妈妈以及跑去北美的亲戚，其余人都在战争中被炸死。我记得自己当时套用外界（对巴尔干半岛人）最常见的一种看法问他：大家抱怨你们懒惰不工作，一天喝五次咖啡，你怎么看？

当时他回答："我和我的朋友们，已经不再需要英雄的幻想，也不再需要大国的虚荣心，我们只想消停一会儿，有时间喝一杯。有欧美朋友跑来指责我们，'为什么不重建你的国家？'他们经常这么问。如果他们觉得我们是在浪费生命，那么我会说，经历了那些剧痛，你会明白，究竟什么才是浪费生命。"

我当时觉得他说得特别对，尽管我不能感同身受。现在我有不同的想法，如果再写一遍，我会觉得这是放弃。我们都经历过一片废墟的历史，为什么有的人能够东山再起，有的人就是摆烂，我不能说谁更好。

世界主义并不意味着没有归属

《南方人物周刊》：在一次与梁文道的对谈中，你提到最近在读叶礼庭的《平凡的美德》，文章中的内容让你对自己在做的事产生了怀疑，"随着写作和研究的深入，我开始怀疑自己外部者身份的有效性"。能否展开聊聊这种怀疑发生的时刻？你现在怎么看待自己的外部者身份？

柏琳：我一直在克服这种怀疑。刚刚我也讲了自己有时候不能感同身受他们的痛苦，我只能拍拍他们的肩膀，一起喝一杯。联合国也好，维和部队也好，他们真的在发粮食、拨款修路、维护治安。我做不了实事的，这也让我怀疑自己工作的有效性，或者说，这算工作吗？

2019年底，为了消解自我疑虑，我真的申请去匈牙利和塞尔维亚的边境给难民发面包和毯子。也没多发，就一个下午，结束后我腰酸背痛的。那种状态跟我想象中很不一样，我以为自己会很满足于劳动的快乐，但当天我非常累，也没精力写作，因此本职工作什么也没干。一天下来，我反而从体力工作中得到一种虚无感。

后来有朋友劝我，说我发面包也不一定比别人快，毛毯也不一定一次性拿得比别人多，我的使命就是写作，让更多人知道这个地方。我觉得他说得对，人应该明白各司其职的道理，做自己擅长的事。那时候我就不再幻想通过在难民署劳动来消解我作为局外人的不安，也不再怀疑自己作为外部工作者工作的有效性。现在我更多怀疑的是这些世界主义工作者工作的有效性，他们来来去去，究竟可以多大程度地了解和帮助当地人呢？

《南方人物周刊》：也聊聊世界主义吧，你在书的后记里提到自己如今对做一个浮于表面的世界主义者已经有了警惕，而在行走中，你也写从许多人身上看见新型世界主义的雏形。

柏琳：我原来对世界主义的理解可能有一些幻觉，以为上午在巴黎、下午在伦敦的全球化之下，人跟人可以无差别地拥抱。现在我们都知道这是不可能的，不然也不会有反全球化运动和右翼极端主义的兴起。

新型世界主义在全球化的概念上更进了一步，是说假使一些地方由于历史战乱或政治问题而分裂，陷入互为仇敌的状态，我们可不可以继续用国际通行的价值观——宽容、和解、融合，让他们重新连接在一起。最鲜明的例子是，萨拉热窝围城战之后，波斯尼亚战争交战各方签署的《代顿协议》——虽然这个地方已经打得一塌糊涂，但我们还是要停火，重新握手言和。

在巴尔干地区行走时，我在许多人身上看见这种新型世界主义的雏形，他们接触了大量世界性的文化交融和碰撞后，没有选择成为一个漂泊的人。比如卢卡，他22岁，会说五国语言，去了威尼斯、维也纳，见识了一圈之后，选择回到家乡萨拉热窝重建它。他的视野和抱负让我惊奇又感动。即使在中国，这样的年轻人也很少见，况且我们的生活是不是要比他们优越得多？

《南方人物周刊》：卢卡看了一圈世界后选择回家，你会做和他一样的选择吗？

柏琳：我很欣赏卢卡的价值观，也觉得这是一种解决巴尔干问题的可能，所以我把他的经历写下来，但这不是我的使命。自私一点说，我要解决的是自己与世界的关系。卢卡不是，他是真的想在当地做点什么。在萨拉热窝大学，他是一个网红，组织了很多文化社团。他还参与政府和百姓之间的协调工作，希望能够改善当地村民的生活条件。他很少考虑自我的问题，靠个人魅力在村与村之间建立起联系，作为一个文

/ 萨格勒布街景

弱的知识分子，他甚至还跑去劝架。这些我觉得非常有意义。

当然，如果全世界都是卢卡这样的人也很不现实，所以我常常觉得太虚伪了。在巴尔干，我尤其感受到人的虚伪、外界进入时的虚伪。无论他们披着文明的外衣，还是什么价值观，都让我非常不舒服。在今天，这种不舒服的感觉有增无减。

《南方人物周刊》：虚伪？

柏琳：当我在巴黎街头碰见小偷，向本地人抱怨时，他们总会说

"C'est la vie"（这就是人生），谁在巴黎没被偷过呢？同样的事情如果发生在巴尔干半岛，比如我在萨格勒布被偷，或是与人起了争执，当我把这些讲给西欧人听时，他们会觉得我去了一个白天是土匪、晚上是杀人犯的惊险地带，然后说："看，那里就是不能去。"我以前碰到的德国朋友，他们开房车在巴尔干半岛旅行时，如果发生事故，会觉得是整个半岛的问题。这就是双标。

记忆与遗忘

《南方人物周刊》：那次与梁文道的对谈，你们还聊到战争创伤与记忆，你自己怎么看待两者的关系，遗忘是道德的吗？

柏琳：我很久以前读石黑一雄的《被掩埋的巨人》印象深刻，这本书是写一对年迈的不列颠夫妇想赶在记忆完全丧失前找到依稀停留在脑海中的儿子，他们希望拨开历史迷雾，找出究竟是谁把他们的孩子害死的。但越往上追溯越发现，没有人是清白的，历史纠缠在一起，造就了今天的悲剧。在书的最后，这对老夫妇遇到一位智者，对方劝他们不要再往前找了，必须要向前走，学会遗忘。

仅从巴尔干的历史和现状来看，我认为人们是需要遗忘的。记忆有时候有偏差，最后大家记得的只有仇恨，这对他们未来的发展也无益。

怎么面对曾经兵刃相向的邻居，我非常同意"道长"（梁文道）说的，"一个人如果总是记住一些让他很不开心，或者会给今天带来很多问题的记忆，那他会活得很痛苦，所以有时候遗忘是必须的"。为了活下去，我们必须见面，点头说你好，无论我心里是否情愿，这是维持文明不至于走向失控和暴力的基本。

《南方人物周刊》：关注与行走巴尔干半岛这些年，你认为边界变得更深，还是可以跨越？

柏琳：我既感到边界加深，又觉得（它）是可以跨越的。个体与个体之间的边界随时可以跨越，但在国家和政治层面，隔阂越来越深。我觉得他们的政客没起好作用，在巴尔干半岛，所有的咖啡馆和饭店的电视上只有三种节目：足球、歌舞表演以及政客辩论，当政治成为他们生活的全部中心，想不被洗脑也很难。

（本文原发表于《南方人物周刊》2024年9月3日，有删减。）

我在卡塔尔建球场……

李泠 孙甜甜 杨珈媛[*]

2022 年的最后两个月，全球眼光聚焦卡塔尔。

绿茵场上烽烟四起，32 强冲撞、秀技，竞相角逐大力神杯；赛场之外风云涌动，舆论或褒或贬，朝着小小半岛纷至沓来。

围观赛事之余，外界一边慨叹卡塔尔"壕"气冲天，砸 2200 亿美元天价举办赛事，一边关切外国劳工在当地究竟面临过何种待遇。同时，媒体、观众对中企承建的几处形态各异的足球场馆也充满兴趣。

草坪管理专业毕业的胡勤旺，曾于 2018 年同中企一同前往卡塔尔，在那里呆了近四年时间，参与了本届世界杯主场馆卢塞尔体育场及世界杯史上首座可移动的体育场 974 体育场的建造工作。在小组赛悬念未决之际，胡勤旺同观察者网分享了自己在卡塔尔工作、生活的经历及观察。

---

[*] 李泠、孙甜甜、杨珈媛，"观察者网"记者。

参与体育场建设

观察者网：因读者对您还不甚了解，所以能否请您先简单介绍下自己的工作履历？比如因为怎样的机缘巧合被派到多哈？在那边呆了多久？主要负责什么工作？

胡勤旺：我学习草坪管理专业，毕业于北京林业大学和美国密歇根州立大学。2014年我有机会参与了新加坡国家体育场的建造，外围建筑涉及的不多，主要负责足球场内部的施工，从最开始的理论验证、施工建造到后期的养护运营，整个过程持续了近三年。原本是要继续留在新加坡的，但后来想着国内潜力更大些，所以就回国了。回国后在

/ 建设中的卢塞尔体育场（胡勤旺供图，下同）

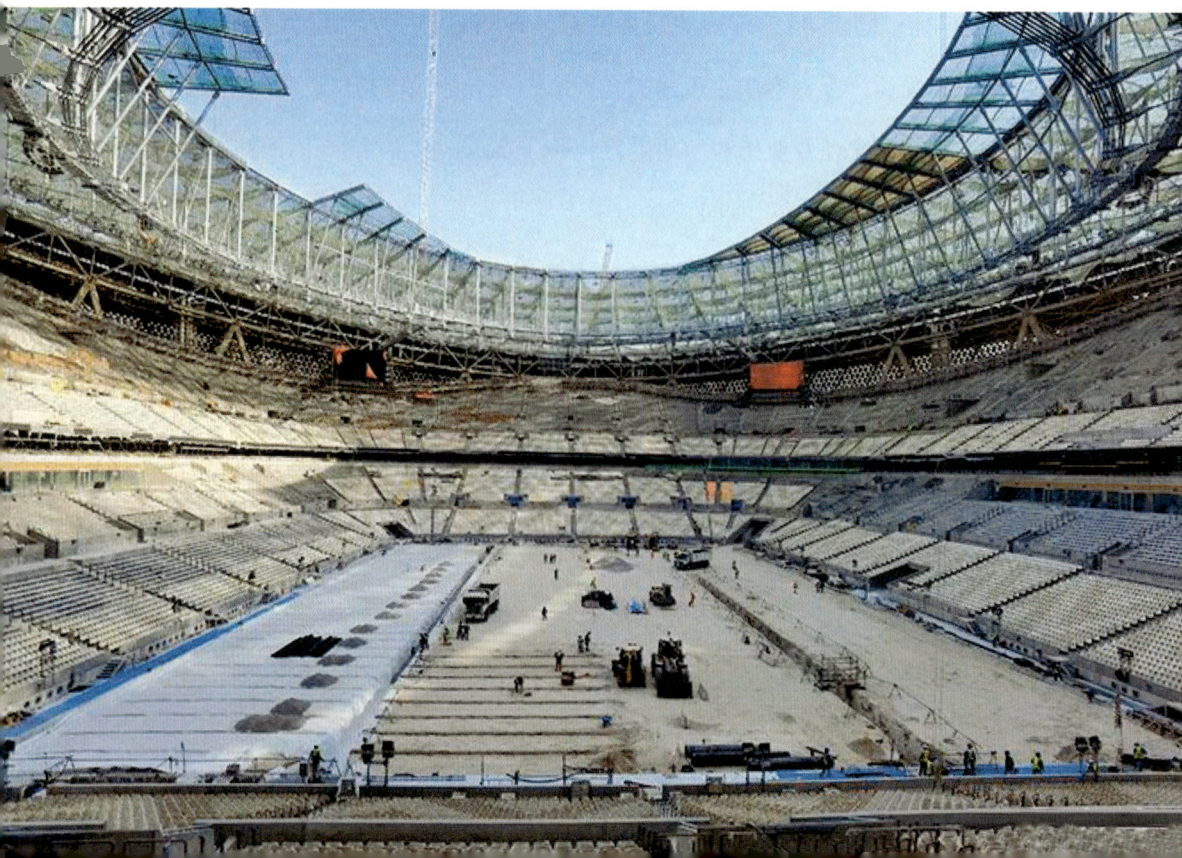

2018年，由于此前在新加坡积累了一些足球场施工建设和养护运营的经验，以及自己也具备一定的外语能力，因此有幸能和咱们中国的企业一起去了多哈，完成了两个足球场的建设。

在多哈将近四年的时间里头，我和我的同事们参与完成了卢塞尔体育场和974体育场两个场馆的体育工艺方面的施工，我负责的工作内容主要以足球场施工建造为重心，也会兼顾一些其他工作，比如还进行一些与项目各方的协调沟通工作。

观察者网：看您朋友圈里对卢塞尔体育场的形容是"走破我两双鞋的地方"。如今卢塞尔体育场已成为卡塔尔的"国家名片"之一，建造难度也比974体育场大很多，相应地，您在两个场馆的工作内容是不是也有区别？

胡勤旺：确实不一样。卢塞尔项目在整个组织架构上会有更严格的要求，在卢塞尔项目里我参与、负责的东西也比974项目更多些；在974项目中，我主要对足球场的施工建造进行监督和管理，以施工技术管理员的角色开展工作。所以在卢塞尔才会"走破我两双鞋"，因为日常事务很多。

观察者网：您在先前聊天时说给卢塞尔的草坪打蜡，这是真的吗？

胡勤旺：这是我朋友拿我开玩笑时说的。阿根廷在和沙特的比赛中输了，我的几个朋友用这话调侃我。草坪都是真实的天然草坪，是我们亲自培育成熟后移植进场内的。

观察者网：这卢塞尔体育场由中企总承包，就您个人的经历来看，施工过程中常遇到哪些难题？

胡勤旺：最大的难题还是气温问题。多哈每年从6月份开始，白天的气温就会非常高，甚至有时候会超过50℃。在这种情况下，我们能够利用的就是夜晚，只能在夜间施工，这样一来整体的施工就会受到一定的限制。比如夜间的照明、湿度、温度与白天不同，可能会对体育场的施工作业带来影响。例如混凝土和钢结构方面，对温度和湿度有不一样的要求，但对于足球场施工而言影响不是特别大，比较影响工人的主要是照明和温湿度。

第二个难题是工期问题。足球场是整个体育场馆施工中的最后一个环节，我们的施工时间相比预期会被压缩。原本可能预计需要大概三至四个月，最少也要保证三个月的时间，但实际上我们的工期被压缩得超出预期，同时还需要保质保量。这确实是一个很大的挑战，时间缩短，如缩短一半，投入的人力、设备等物力就得相应增加一倍以上。

观察者网：974体育场看着像搭积木，建造相比之下是不是会轻松很多？

胡勤旺：卢塞尔体育场又被称为Iconic Stadium，这里不论设计还是施工难度和强度都是非常高的。它的外观是参照卡塔尔传统的碗设计，所以看上去是一只大金碗，当我们拆掉外墙，它是一个很大的钢结构体，这是相对复杂的一部分，相对耗时更长。而974体育场，可以算是几个项目中施工难度相对较小的一个场馆，它的主体就是一副钢架结构，架完后把预制好的集装箱房安装固定到设计的位置上。而且，这些集装箱房间内部已经完成大部分装修，所以后续工作会省掉很大一部分。这个场馆从 2019 年底开始——记得我 2019 年 11 月去看场地时，那里还是一片大荒地——到 2021 年 5 月就基本完工了。

观察者网：听起来，区别之大就像是做小学数学题和高数题。

胡勤旺：对，一个比较复杂，需要经过各种专业知识和各个方面的专家的精确论证，在这之后才能进行最后的组装；一个在完成基础的大型钢结构后，把相应的集装箱吊装到位就行，但是钢结构这部分还是经过了各方专家的计算和论证的。

观察者网：您也负责沟通事宜，据我了解，卢塞尔体育场整个项目从设计到施工由多国企业共同参与，那您在与第三方企业沟通时有没有遇到什么觉得头疼的事？

/ 施工现场

胡勤旺：是的，因为参与方比较多，沟通有时候确实是令我们比较苦恼的一个问题。举个最简单的例子，也是曾经发生过的一件事，我们要在一件小小的事情上达成一致，需要联合至少五方人员共同商讨，通过至少两次会议才能达成一个共识，前前后后花了近三个月的时间。

而且本身这么大的项目，沟通协调起来确实挺不容易的。就我个人的经验来讲，我通常会就某个问题先单独和各方联系沟通，将他们的意见拢起来，我们再按照意见自身做好调整，这样我们申请一次集中会议就能更快地达成一致。

观察者网：您曾说过卡塔尔对于施工安全的管控是非常严格的，能否举例说明？

胡勤旺：以我参与施工的两个体育场来说，施工安全确实非常重要也非常严格。因为这是世界级的项目，全世界都在看着，所以会受到很多媒体随时地跟踪报道，相应地，作为建设者的我们也会随时排查安全事故隐患，严格把控安全要求。在整体施工进程中，不管是业主、总包、监理，还是我们自身，都在想尽办法协调施工进度及加强安全管理。举个例子，当时我们在体育场需要挖一条大沟用以安装管道，沟的深度接近2米。在挖开后，按照要求，我们需要在沟的两侧各离沟1.5—2米的地方安装防护栏；清理沟边的杂物时，工人需要挂着安全绳才可以进入。也就是说，基本上，整个工序中，哪怕只是一个很小的点，都是按高要求完成的。而在施工过程中，会有安全员"点对点"地不停巡视，平时总包、监理和业主也会不定期巡查。这中间还有段插曲，我们有个安全员被临时调去补充一份施工需要提供的安全文件，短短几分钟，但被监理和总包派出的安全巡视员抓到不在岗位，要求我们开除这个安全员，导致我们那天一整个下午没办法施工。后来解释清楚情况，我们同时也给予了安全员一个书面警告后，才撤销这一处分，到了晚上才能正式继续施工。

观察者网：建设期间恰逢疫情，疫情对你们施工的影响大不大？

胡勤旺：确实，如果没有疫情，我们的工程应该能够更早完成。疫情暴发初期，按照卡塔尔政府管控要求，项目停工了一段时间，后来随着政府逐步优化管控政策，在相应的项目疫情管控措施得力的情况下才逐步恢复施工。对于这种大型项目来说，停工一两个月就会造成很大的损失。

观察者网：这一两个月内，工程几乎没有任何进展吗？我看国内一些新闻报道有提到，若跟管控出行的人说自己要去建设世界杯场馆，他们会很支持地给予放行。

胡勤旺：我个人的经历大概是这样的，在全国封控解除之后有一段时间你可以外出，比如可以到沙漠边上，或者选择去海边，只要不聚集就行，餐馆和商场都不营业。实际上又仿佛你没有任何地方可以去，公园等场所都是关了的，部分区域会有警察在附近指引。在项目上，其中很多事务其实仍是在运转着的，所以必然需要一些值守的人，需要保证项目不停摆，需要为住在项目附近的工人的基本生活提供保障，这就需要有人来照应、管理。这部分是缺不了的，必须有人去做。所以还是有保障人员可以安全进出的。

外劳真实待遇

观察者网：您刚提到工人住宿，正好咱接下来的讨论会涉及现在国际舆论非常关注的一些问题，与外籍劳工尤其是南亚劳工有关。据您的接触，这些南亚劳工在场馆建设中主要从事哪些工种？

胡勤旺：可能不同的教育水平和培训程度，会影响工人所能达到的职位和工资。从事基础施工工作的工人当中，一部分有经验的工人可能会做领班，大部分人是纯粹的小工，做一些纯体力活，还有一部分是经过技术培训后从事技术工种比如焊工——这些工人必须在拿到对应的资格证书后才能施工，这个跟国内也是一样的要求。

观察者网：前面聊到天热的时候，一般都安排在晚上施工，那"不一般"的是什么情况？

胡勤旺：到了夏季，气温开始逐渐上升，那时候卡塔尔全国就会有一个整体的安排，劳工部门会发出一些相应的通知和"强制要求"。具体说来，如果满足了一定的防暑降温通风条件和应急保障措施，经过安全部门评估许可，室内的施工作业的工人在白天也是可以工作的；如果是在室外，或者不具备相应安全保障的室内，工人就不能白天上工了，只能从下午三或四点开始第一班，上到凌晨的十二或一点，第二班再从凌晨一点或两点开始持续到早上九点或十点。

观察者网：卡塔尔的夏天，即使在晚上，还是非常热的，很多人仍有可能中暑。您说安排了"保障措施"，这点能否再详细谈谈？

胡勤旺：最主要的还是通风和供水，比如每块区域会有一个取水点，这个取水点会放一桶冰水、一桶电解质水，随时有人来检查、更换或添加。也会在工人施工的地方按要求放置一定数量的风扇，并且会让工人按照规定的工作时长进行休息和调整。实际上晚上施工的话，在空气湿度不过大的时候，情况就会好很多，通风防暑降温措施做到位就不会有大问题；当湿度超标，安全部门会勒令全场停止一切活动，直到他们解除管控之后才可以继续工作。

观察者网：您刚提到过工人宿舍靠近施工场馆，能否聊聊具体的住宿条件？

胡勤旺：我看过项目上工人宿舍区的房间，也问过我们自己的一些工人，他们的整体感觉还是挺好的，尤其是新冠疫情后，住宿环境的卫生要求更严格了，这对工人也是一种保障。一般一个房间会住4—6个人。这房间类似于集装箱，里头有隔热层，也有空调，在夏天又晒又烤的情况下，在里头也不会感觉闷热。它整体的质量是很好的，不是咱国内常看到的那种铁板房，甚至可以跟一些质量好的临时办公室相比。后来其中一栋员工宿舍腾出来给我们当办公室，所以我们进去呆过，房间还是很棒的。

观察者网：外劳的薪酬也是大家的讨论热点之一，有观点认为卡塔尔那么富有，工作环境又那么酷热，但南亚外劳们的工资才小几百美元，待遇太低了。您所了解到的在卡塔尔务工的报酬大致处于什么样的水准？

胡勤旺：就工资来看，可能很多人觉得是根据工人所处的环境和所做的事情来判断工资多少的。但实际上，按我对那边的了解，工资的组成主要看他干的工种。比如一个普通小工和一个焊工的工资肯定是有区别的，不会因为大家同在35℃的天气下冒着大汗工作就薪资一样。就我们这边来看，当时我们有自己雇的固定工人，也有通过中介临时招来的工人，这些被中介推荐来的劳工拿到手的工资（和固定工人比）肯定是有差别的，但是这种差别我们是很难去控制的。当然，政府也在想办法处理和管控黑中介的问题，如果企业在工人问题上处理不到位，是会被罚的，甚至需要负责人出来承担相应的法律责任。其实这现象不单单卡塔尔才有，如果你有接触从中国去东南亚像新加坡、马来西亚打工的一些人，也会看到类似情况。中介肯定会抽一部分佣金，这是没办法改变的；至于佣金要被拿掉多少，这就要看每个人和中介如何协议了。有的人可能到手就三四百美金或一两千人民币，在外人看来可能觉得怎么怎么样，但站在他们的角度想，他们当时也是能接受这点才来的，咱对此也不好过多评判。

观察者网：这和通过中介找家政、保姆是一个道理。

胡勤旺：对。

观察者网：英国《卫报》曾报道称卡塔尔自2010年赢得世界杯举办权以来已有逾6500名外籍劳工死亡。卡塔尔政府否认了这一数据，但也有不少人对此深信不疑。您如何看待这一数据的真实性？据您了解，一些劳工的去世，可能出于哪些原因？

胡勤旺：这新闻其实在2018年左右就有了，当时国内有媒体转了这个报道，但后来又把新闻删了。就我个人感受，"6500人"对我来说真的是一个很恐怖的数量。我感受过一个工地两三千人是什么状态，聚在一起乌泱泱的一片。若真有6500人，按10年时间算，平均每年650人，这也意味着每天都有一两个人在工地上出事。这是一个很大的数字。我不否认有人会在建设过程中不幸死去，不论是体育场馆这种大型基建，还是其他城市项目建设，若相应的安全监督或保障措施没有做好，不排除出现问题的可能。但至少在我呆的这将近四年的时间里，真的没有一年上百人消失的恐怖情况。实事求是地讲，像这种大型、超大型基建，这类问题难以完全避免——这话可能难听，有的人甚至会觉得我冷血，但这事确实不能否认，这种超大体量的基建项目确实无法百分百保证万无一失。

真实卡塔尔

观察者网：您在卡塔尔生活了三四年，是否有去场馆之外的地方走走？

胡勤旺：卡塔尔不大，且我自己也喜欢探索，所以我走的地方还挺多的，向南到过卡塔尔和沙特阿拉伯的边境，向北去过海湾球场，开玩笑地说，还在北面的海边试图远眺伊朗，也到过最西边的海岸看日落，此外也在沙漠里自驾过。大多数时间就是在多哈的市区，闲暇时去海边坐坐、跑跑步、去集市喝茶，再就是参观博物馆、逛商场。

观察者网：您在当地有结交土著朋友吗？

胡勤旺：我能交到一些中东朋友，但不是卡塔尔当地人。因为他们当地人的数量比较少，大部分都是外来务工人员。若谈与卡塔尔人的交往，可能就只是在一些工作中会有接触。

观察者网：卡塔尔本地人口应该是 31 万左右，外来务工有 200 多万人。一些自媒体在科普卡塔尔时，称这 31 万卡塔尔人"只有富人和超级富人之分"，在您看来是这样子的吗？

胡勤旺：这个说法也没错。可能在我们眼中他们都是富人，但是他们自己内部贫富也是有差距的。

观察者网：因为卡塔尔或者说中东看上去实在是太"壕"了，所以国内很多网友调侃想过去打工，就算是扫地都行。若真跑过去找工作，实际待遇大概会怎样？

胡勤旺：网友们说的这些也是一种刻板印象，调侃归调侃，实际上薪资不会有太大的差异。卡塔尔确实有钱，但他们只对持有本国国籍的国民负责，并没有像一些国家那样给予外国人更好的待遇政策。不过，同是受教育程度高，持有西方国家的护照，相比亚洲国家的护照，可能在找工作上会更容易一些。

"基建狂魔"

观察者网：最后聊聊中国基建。卡塔尔是"一带一路"沿线的重要节点，卡塔尔也提出了自己的"2030 国家愿景"，因此未来两国间势必有更多合作。就您的工作经验来看，中企和中国员工在卡塔尔乃至中东承建项目的过程中，应多注意哪些问题？

胡勤旺：首先要注意避免不同生活习惯带来的不愉快。总的来说，只要你按照他们的既定规则来做事和生活，大体是没有问题的，大部分人都能够适应这里的环境。

我在不同的国家生活和工作过，每到一个地方，都会尊重当地的习俗和规则，这是最简单的要求，只要了解清楚了、做到了，基本是不会有问题的。哪怕你是在国内，从一个市到另一个市，如果没有充分了解当地习俗而做出一些冒犯的举动，也会进一步影响后续的沟通和合作。

观察者网：在这些国家，若犯了酒瘾，怎么办？

胡勤旺：政府有开设专门的售卖点，依法售卖各种各样的啤酒、洋酒以及猪肉等；你只有在这个专门的售卖点里才能买到猪肉。而且你得亲自去买，需要拿着自己的工作居留证去政府部门办理一个可以购买酒的许可证，而这个许可证似乎也会限定每个月的购买额度。我们有去买过。要注意的是，酒或猪肉只能在自己的私密空间里享用，不能大摇大摆地提着一瓶啤酒在马路上走着喝，那肯定是不行的。公共场所基本是禁酒的，不过部分高级餐厅也许可卖酒，你可以买，但是只能在餐厅里喝，不能带出去。

观察者网：中国是"基建狂魔"，这称呼您应该不陌生。大部分人更多是见证者，提及这词满是自豪；而您是实际参与者，切实的经历可能给您带来更深层的情感与认知。那您如何看待这词？对于中企承包海外基建，很多人第一个想到的优点是"性价比高"，您认为相对于其他国家的团队，我们的核心竞争力还有哪些？

胡勤旺：其实不单单是建设大型场馆，在其他包括建设国外的市政道路之类的领域，中国团队的性价比都是非常高的。因为咱们中国人可能有这样一个思维，哪怕少挣点，也要保质保量地完成任务。我认为要称得上"基建狂魔"，不单单是要看能不能把这事干成，还要看背后的人才资源，储备的人才够多，才能在不同的、复杂的条件下解决现实的问题，实现工程目标。单论人才储备和相应的标准规则，中国的团队是非常具有竞争力的。不论是后端设计，还是专家、技术人员的储备，再到现场建设的支援，这些我们都做得很好。

我跟的是中国铁建的项目，就我看到的，中国的公司相比于国外确实有些不同。比方说钢结构这块，我们就投入了很大的专家资源，其他国家可能在这方面没有太多投入，所以相应的技术和人才会有一定的欠缺。我们在基建上的人才储备确实很值得赞赏。

观察者网：聊到最后，世界杯收尾。我个人会好奇一个问题，您和您的同事作为场馆建设者，在看球赛的时候会分一点心思出来关注场馆吗？比如会不会担心场馆在比赛时出现什么小问题？

胡勤旺：我个人是比赛开始之后就不去纠结场馆的情况了，只有到赛事结束以后检查场馆的时候才会再去关注场馆的状况。在比赛的时候关注场馆情况，哪怕真的发现什么小问题，这时候也没什么意义了。像普通观众一样，完全专心地享受赛事。

（本文原发表于"观察者网"。）

裸辞去非洲

郑依妮[*]

非洲是一片神奇的土地，几乎每个国家都流传着许多人生逆袭的传说：除了有人在非洲挖到金矿一夜暴富；还有人负债来到非洲，靠着卖腻子粉积累了千万身家，也有人带着两箱太阳眼镜来非洲，换成了一台价值50万元的丰田霸道车。

2024年中非合作论坛峰会前不久落下帷幕，但非洲热还在持续。社交媒体上，许多"非漂"的年轻人热衷分享自己在非洲的"搞钱"生活：在刚果挖钻石、在西非加纳淘金、在阿尔及利亚搞物流、在南非约翰内斯堡挖矿、在尼日利亚盖房子、在埃塞俄比亚卖手机、在埃及做导游等。

在外聘网、驻外之家和各大国企网站上都有招聘海外岗位，外派非洲职位包括电工、厨师、翻译、销售，一般要求有专科以上学历，月薪范围大多在一万五到三万元人民币，并且食宿都由公司安排，工作两三

---

[*] 郑依妮，《新周刊》杂志记者。

年就能存下一笔不小的钱。"挣得多"是他们向往非洲的主要原因。

就像英国非洲研究所所长爱德华·佩斯说的那样，世界需要开始重新看待非洲及非洲国家，"这将影响我们生活的方方面面，无论我们现在是否意识到"。

土木毕业生，在非洲有保姆和司机

1998年出生的Victor(维克多)是重庆人，毕业于重庆建筑工程职业学院，大学毕业后没多久就去了非洲打工，先后在非洲的加蓬、刚果(金)、埃塞俄比亚和肯尼亚做过四份完全不同的工作。

如今年仅26岁的他，已经是个经验丰富的"非漂"了。

提起自己去非洲的原因，Victor归结为"年轻的冲动"。他毕业的第一份实习是在新疆准噶尔盆地北部无人区的沙漠中搞基建，那里没有电视和手机信号。对于一个刚毕业的年轻人而言，那日子实在过于枯燥乏味。

有一天凌晨，Victor在睡觉时听见板房外面传来咯吱咯吱的响声："声音是从床下面传来的，于是我把头伸到床底下去看，发现一只疑似沙鼠的动物在啃我的门板。当时我看着它，感觉我自己也像这只沙鼠一样，有点不甘心。我想要出去外面的世界看看，于是就把工作辞了。"

不到一个月，Victor在网上找到了一份去非洲的工作。

向他抛出橄榄枝的是一家开在加蓬的中国企业，月薪是9000元。Victor没有多想这个价格是否合理，与传言中的平均月薪有什么差距，不顾家里人的反对，买了机票就飞过去。

Victor 觉得，年轻人要是不太挑工作，去非洲工作是一个不错的选项，门槛也比较低："你甚至不需要会英语，因为公司会给你请一个翻译。"

现实没有看起来那么轻松顺利。Victor 在非洲的前两份工作都踩了坑，逃离上一个困境的冲动、过高的预期，给了他当头一棒。开在加蓬的公司普遍压榨学生，"国内招聘来的大学生每天就是苦干，早上七点工作到晚上八九点，这么长时间的工作却只给低于平均工资的薪酬，我只做了三个月就辞职了，还给公司赔了机票和签证的钱"。

在非洲的第一份工作踩坑后，Victor 本想回国。但当时正是 2021 年 8 月，一张回国的机票涨到了三五万。他只好选了当时机票最便宜的埃及，在辞职间隙旅游。

2021 年 11 月，Victor 收到了位于非洲刚果（金）的一家企业的录用通知。这家企业是国内某大型上市矿企的承包商，他们需要一个技术员，于是看上了有土木工程背景，且在非洲有工作经验的 Victor。

此时 Victor 在埃及和北非漫无目的地"流浪"了两个月，他没有多想便答应下来，又掉到了新的坑里。

工作地点是在刚果（金）的一个铜矿，进场后 Victor 发现人手少得可怜："几个集装箱加上几个年轻人，老板指哪挖哪。这个国家经历了很长时间的内战，治安非常混乱，哪怕大白天也会被抢劫。在营区我们时常听到远处的枪声，于是在这里的技术工人哪里也不敢去，就像坐牢似的上班。"

外部环境让人提心吊胆，老板还拖欠技术工人的工资，最长的一次断粮了三个月，Victor 终于熬不住了，在这种内外交困的环境里工作了六个月的他再次提出辞职，结束了他的第二份在非洲的工作。和上次一样，辞职后的 Victor 没有回国，继续在周边国家旅游。这次他先去了土耳其，再逛了一圈巴尔干地区的国家。

十几天后，一个在埃塞俄比亚开公司的中国老板联系到 Victor，问他是否愿意转行到外贸行业。通过面试后，Victor 便去到了埃塞俄比亚。

Victor 很庆幸自己做了这个决定。老板用心带他，让他顺利从土木转行到了外贸行业，开始了新的职业生涯。

在埃塞俄比亚，Victor 每日的工作时间是上午八点半到下午五点半，无论工作还是生活节奏都比前两份平稳许多。埃塞俄比亚相比 Victor 之前待的所有国家都更安全与自由，他也在这里认识很多朋友，对于外贸

/ 埃塞俄比亚的某工厂车间。这是 Victor 的第三份工作所在地

的这些基本流程，大概的思路也学会了。埃塞俄比亚的工作走上正轨后，生活开始逐渐轻松。

2023年，Victor要回国看看。同时，由于爷爷不幸得了癌症，他知道自己必须要改变自己的状态了。

回国后，Victor开始思考新的人生选择：留在国内，还是继续出去？他纠结了五个月，中间接到一个欧洲的工作计划，于是去波兰工作了两个月，然而这段短暂的经历让他非常失望，其中有很多不公平的待遇，公司答应过的福利也没有落实。他再次提出辞职，同样赔偿了公司机票和签证的费用。

每一个刻板印象，都要由具体的经历去改变。在波兰的这段短短的工作经历，让Victor对欧洲祛魅了："去之前幻想欧洲作为更发达的地方，是不是更文明，会比我在非洲的感觉更舒服？事实上恰恰相反。"

2023年回国那段时间，Victor也尝试过在国内找工作，但是许多公司给土木相关岗位开出来的工资只有3500元，这让Victor无法接受。于是他再次把目光落在了非洲，这次他找到了一家位于非洲肯尼亚的中国卫浴公司。

当他再次回到非洲，Victor形容"就跟回家似的"："我在肯尼亚的几个中国同事，大家都有完全不同的经历。有从墨尔本理工大学毕业后来非洲创业失败的，有在国内是做汽配的，有因为亲戚介绍就过来非洲的，各式各样经历的人，最后聚在非洲做卫浴产品了。"

在非洲的第四年，Victor的收入也从最初的9000元月薪，涨到了一年下来能挣近 30 万元。公司配了保姆和司机，黑人保姆还能做正宗的中餐。最让 Victor 最感慨的是，如今去非洲的中国人越来越多了，他不再觉得自己是孤独的异类："2021 年我从国内飞非洲时，飞机上只有一半是中国人，一半是黑人。2023 年再次去非洲，几乎整个机舱里都是中国人。"前阵子，他发现坦桑尼亚机场的海关居然招了会说中文的海关人员，因为很多建筑类企业的中国工人来到非洲不会说英语。

Victor 已经和四年前极力反对他去非洲的父亲和解了。在非洲生活、工作的一个好处是，这里的人情世故没那么多，不太会受到牵绊和束缚。

Victor 最近招了中国来的两个业务员，但他们只做了两周就呆不下去了。在 Victor 看来，很多年轻人来非洲和自己当年的情况相似，都是因为一时冲动，想改变现状，来了以后又接受不了这里的环境。Victor 不希望年轻人带着"躺赚"或者猎奇的滤镜来非洲，毕竟自己踩过的坑真不少，但他也认为很多事物只有经历过才能对其祛魅。他建议打算来非洲发展的年轻人要做好功课，深思熟虑，少跟他一样踩坑。

人到中年，裸辞去非洲创业

与 Victor 大学刚毕业，年纪轻轻就闯荡非洲不同，人到中年的媒体人张小丫，裸辞后才选择去非洲创业。

张小丫是东北人，2010 年毕业后，去家乡的省级媒体工作了 12 年，2022 年时她选择裸辞来到深圳，在传音公司做企业文化工作。

因为与非洲牢牢绑定，并创造了颇为另类的财富神话，传音近些年一直都很有话题性。传音总部位于中国深圳，是国内较早关注非洲、南亚、东南亚等新兴市场的企业。张小丫入职后，也开始真正关心起这片远在8000公里外的大陆。

张小丫第一次去非洲是2023年9月份，目的地是肯尼亚首都内罗毕。尽管这里是非洲最发达的城市之一，但公共交通依然十分落后，电力供应紧张，市区每周日都会停电。内罗毕的公交车让张小丫想起国内20世纪90年代的大巴车："有人会站在门口吆喝大家买票，感觉乱哄哄的。打车时，GPS定位系统很有可能定位不准确，明明给优步司机的定位是在家门口，但是他跟着导航可能去到离家附近的路口。"

至今，张小丫已经去了四次非洲，在肯尼亚、坦桑尼亚、卢旺达几个国家考察了一圈，每次都会在那边呆上一到两个月。据她观察，现在的非洲差不多相当于国内十几二十年前，比如城市里密密麻麻的户外广告："在当地人看来，能做这种户外广告证明商家有实力，可信度更强一点，包括报纸、电视这一类。人们对于互联网和线上生活的认知还不够，内容也没有那么丰富。"

经过反复的对比考察，张小丫在肯尼亚注册了一家网络经纪公司。她比较擅长做线上的媒体。去了非洲一次后发现，海外版的短视频社交媒体在肯尼亚的覆盖率非常大。但是和国内白热化的网络经纪机构竞争不同，那边还没有网络经纪公司。同时她还发现许多去非洲的中国企业也需要当地的广告资源，"我可以把广告资源先建立起来，服务于来非洲的中国企业。"

她之所以在非洲众多国家中选择肯尼亚,主要是因为硬件能支撑自己选择的产业:"那是非洲网络最好的国家,其他国家的网速实在是让人担忧。"肯尼亚属于比上不足、比下有余的非洲国家,在东非国家里不算出色,但在撒哈拉以南的非洲国家里还可以。它的首都内罗毕,是非洲最大的城市,一座繁华的国际化大都市。综合考量下来,张小丫判断这足以支撑她的梦想。

张小丫说,国内各行各业都卷,包括她所在的传媒行业,无论是传统媒体还是网络经纪模式的公司,在国内再怎么努力都已经很难有一个质的突破。但是在非洲,这是一个刚刚开辟的市场:"竞争对手少,我认为这里实现跃层的机会更大一点。"

和她抱有同样想法的中国人开始出发了。短短两年,张小丫明显感受到去非洲的中国人越来越多,去哪都能看到同胞:"以前除了中国城以外的地方是看不到中国人的,哪怕在最热闹的批发市场。"

在肯尼亚,张小丫招聘了一个本地员工,大学毕业后在内罗毕的电视台工作,当过制片人。张小丫给他开的月薪是1000美金,远高于当地人的平均收入水平。即便如此,这份工资也比在当地聘请一个中国人的平均工资要低。张小丫算了笔账:"对公司而言,聘请中国员工的成本要远远高于聘请一个本地人,光是办理工作签证就大约需要花掉5万元。"

同时她发现,中国和非洲的职场文化差异也是非常大的:"非洲本地人不会加班,他们很坚持自己的生活节奏,下班后一晚上和朋友一起

/肯尼亚的批发市场

喝一杯啤酒就觉得很快乐，但是在国内是不太可能的。所以我觉得不能拿我们国人的那种思维去要求他们，这是一种生活选择，不是懒。"

而且张小丫觉得，大部分国人来到非洲这片热土，都会有奋斗的冲动，不然"一定是痛苦比快乐多"。

非洲不养闲人

非洲除了吸引中国打工人，也吸引中国民营企业家前来投资。他们之间流传着这样一句话：不出海，就出局。

张海超是中商海外高商产业出海平台负责人，曾在高校任教多年。从 2023 年至今，他带过超过 100 位商学院学员去非洲考察，目的地主要集中在肯尼亚、埃塞俄比亚、卢旺达和坦桑尼亚等几个国家。"他们手里有钱，但在国内有危机感，希望在非洲能找到好项目。"

张海超的学员主要是来自华南地区的民营企业家。从 2023 年 7 月份开始，张海超陆续带学员们出国考察："未来中国的民营企业的出路是走向国际化。排除东南亚、中亚五国后，我们把目标定在了非洲。"

第一次去非洲，给张海超留下了很深的印象。也许是过去对这片土地的刻板印象太深、了解太少，张海超与许多初到非洲的国人一样，最大的感受就是反差和震撼："我想象中的非洲是混乱和落后，去了以后我发现他们现在城市建设得很漂亮，有高楼大厦，有一些很成规模的产业园区和很漂亮的厂房。"

张海超认为，如今涌入非洲的投资越来越多，各行各业都会因此获益，岗位需求也多起来。这边物价比国内高很多，成本也高很多。目前非洲所有投资都有一定的门槛。要有一定的技术实力和资金实力，在非洲能够扎扎实实地把专业的事做好、做出好产品，在非洲有需求的地方供应来自国内的智慧与技术力，才能够有长期发展："不是说背着个书包、买一张机票，手上还剩 200 美金，就可以在那里白手起家。这种概率几乎是零了。在非洲暴富的传说依然存在，但我们已经无从考证。"

在去非洲考察的学员中，80 后的年轻企业家占了大部分。他们当中有从事房地产行业的、从事制造业的、有做家具和门窗的。在张海超看来，这群人身上都有一些相似的标签——"敢打敢拼"："他们看到机会，内心就涌起冲动，想要抓住这个机会把事情做好，从而拿到一个好的结果。"

对于越来越多希望去非洲"搞钱"的年轻人，张海超认为这是一个非常好的想法。他认为，中国年轻人之所以在非洲能够拥有就业机会，与出海的中国企业紧密相关："向外走是一个趋势，不仅仅是年轻人，还有很多中国的民营企业。非洲的本土企业很少聘请中国人的，聘请中国人的基本上是在非洲的中国公司。"

他认为，年轻人就应该积极关注和拥抱产业出海，跟随中国的民营企业的脚步走向全世界。2024年是出海非洲趋势非常明显的一年，多年后经济学家复盘这段历史，一定会有与非洲深深联结的痕迹，那是由许多具体的人抛弃自己熟悉的生活，用脚步丈量和书写出来的痕迹。

（本文原发表于"新周刊"微信公众号2024年10月4日，原文题为《裸辞去非洲，当代年轻人的搞钱新思路》。）